世界经典童话小说书

U0577299

会飞的木马

著者 / 乔纳森·斯威夫特 等 　编译 / 丛佳慧 等

吉林出版集团股份有限公司 | 全国百佳图书出版单位

图书在版编目（CIP）数据

会飞的木马／（英）乔纳森·斯威夫特等著；丛佳慧等编译.--
长春：吉林出版集团股份有限公司，2016.12
　（世界经典童话小说书系）
　ISBN 978-7-5581-2106-7

　Ⅰ.①会… Ⅱ.①乔… ②丛… Ⅲ.①儿童故事 – 作
品集 – 世界 Ⅳ.①I18

　中国版本图书馆CIP数据核字（2017）第065123号

会飞的木马

HUIFEI DE MUMA

著　　者　乔纳森·斯威夫特 等
编　　译　丛佳慧 等
责任编辑　关锡汉
封面设计　张　娜
开　　本　16
字　　数　50千字
印　　张　8
定　　价　29.80元
版　　次　2017年8月 第1版
印　　次　2020年10月 第4次印刷
印　　刷　三河市嵩川印刷有限公司
出　　版　吉林出版集团股份有限公司
发　　行　吉林出版集团股份有限公司
地　　址　长春市绿园区泰来街1825号
电　　话　总编办：0431-88029858
　　　　　发行部：0431-88029836
邮　　编　130011
书　　号　ISBN 978-7-5581-2106-7

前言

儿童自然单纯，本性无邪，爱默生说："儿童是永恒的弥赛亚，他降临到堕落的人间，就是为了引导人们返回天堂。"人们总是期待着保留这份童真，这份无邪本性。

每一个儿童都充满着求知的欲望，对于各种新奇的事物，都有着一种强烈的好奇心，这样在成长的过程中就不可避免地被好的或坏的事物所影响。教育的问题总是让每个父母伤透了脑筋，生怕孩子们早早地磨灭了童真，泯灭了感知美好事物的天性。童话很好地解决了这个问题，让儿童始终心存美好。

徜徉在童话的森林，沿着崎岖的小径一路向前，便会发现王子、公主、小裁缝、呆小子、灰姑娘就在我们身边，怪物、隐身帽、魔法鞋、沙精随时会让我们大吃一惊。展开想象的翅膀，心游万仞，永无岛上定然满是欢乐与自由，小家伙们随心所欲地演绎着自己的传奇。或有稚童捧着双颊，遥望星空，神游天外，幻想着未知的世界，编织着美丽的梦想。那双渴望的眸子，眨呀眨的，明亮异常，即使群星都暗淡了，它也仍会闪烁不停。

童心总是相通的，一篇童话，便会开启一扇心灵之窗，透过这扇窗，让稚童得以窥探森林深处的秘密。每一篇童话都会有意无意地激发稚童的想象力和感知力，让他们在那里深刻地体验潜藏其中的幸福感、喜悦感和安全感，并且让这种体验长久地驻留在孩子的内心，滋养孩子的心灵。愿这套《世界经典童话小说书系》对儿童健康成长能起到一点儿助益，这样也算是不违出版此书的初心了。

编者

2017 年 3 月 21 日

目录
MULU

会飞的木马·························· 1

三个省长的故事················· 25

相同的判决····················· 53

格列佛游记····················· 61

大人国游记····················· 93

会飞的木马

从前波斯有一位国王，他有四个孩子，儿子长得英俊潇洒，女儿则出落得美丽端庄。

一天，波斯国王正在处理国务，有三个学士求见，说要向他进献宝物。

"都是些什么东西啊？"波斯国王指着学士们进献的东西问。

"这是一只金乌鸦，无论白天还是夜晚，每到整点，它就会鸣叫报时。"金乌鸦的主人说。

"将这支铜喇叭放在城门口，如果有敌人来犯，它就会

1

及时发出警报。"铜喇叭的主人说。

"骑上这匹乌木马,就可以飞到任何地方。"乌木马的主人说。

"真的吗,我来试试看。"波斯国王半信半疑,先后测试了金乌鸦和铜喇叭,果然和他们说的一样。

"你们想要什么赏赐,尽管开口。"波斯国王非常满意,对金乌鸦和铜喇叭的主人说。

"希望国王能将公主嫁给我。"两人异口同声地回答说。

我也"恳求国王将公主嫁给我。"乌木马的主人急忙说道。

"等我试过你的乌木马再说吧。"波斯国王回答说。

"父王,就让我来试试这匹马吧。"王子来了兴趣,上前说道。

波斯国王答应了王子的请求。王子骑上乌木马,按动机关,飞上天空。

王子发现在乌木马的肩下,左右各有一个按钮,按下右面的按钮，马飞得又高又快；按下左面的按钮，马则逐渐减速，缓缓降落。

知道了乌木马的使用方法，王子非常高兴。不知不觉中，他骑着乌木马来到一片平原上空，眼前出现了一座美丽的城市。

傍晚，王子骑着乌木马在暮色中围着城市绕圈。

"今晚就在这里过一夜吧，明天一早再回家，将我的经历都告诉父王。"王子想。

为了保障自己和乌木马的安全，王子骑着乌木马降落到一座宫殿的屋顶上，周围都是高大的围墙，非常坚固。

王子坐在屋顶上，肚子饿得咕咕直叫，他已经一天没吃东西了。

夜深了，王子准备去找些东西吃，便走进宫殿的院子。他东张西望，不知道该去哪儿找吃的。

这时，一丝微弱的光亮向他移动过来。王子定睛一看，是一位美丽的姑娘，在一群提着灯笼的仆人们的簇拥下，

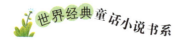

向他走来。

漂亮的姑娘是位公主，这里的国王非常宠爱她，特意为她建造了这座宫殿。公主不开心时，就会带着侍女们来这儿住几天。

公主在这里遇见王子，觉得非常诧异。

"你是谁，难道是昨天向我求婚，被父王拒绝的那位王子吗？"公主疑惑地问道。

原来，昨天曾有一位王子向公主求婚，但因他长相丑陋，被国王拒绝了。

"公主，被拒绝的王子长得丑陋无比，而这个小伙子英俊潇洒，应该不是他。"一个侍女提醒道。

"你到底是谁，是人还是鬼？"一个男仆上前问道。

"你这个该死的奴才，竟敢把波斯国的王子当作鬼？我是公主的丈夫，国王已经答应把公主嫁给我。"王子生气地说道。

男仆跑回王宫报告。国王非常震惊，急忙来到宫殿。

此时，王子和公主正坐在一起亲密交谈。国王来到门前仔细观看，发现这个年轻人果然英俊潇洒。但为了保护公主的安全，国王拔剑冲进大厅。

"年轻人，你是人还是鬼？"国王大声问道。

"我是波斯国的王子，你怎么敢说我是鬼？我父亲波斯王拥有无上的权力，他的人马可以踏平你的河山，灭掉你的王国。"王子不屑地回答说。

"既然你是王子，为什么不经过我的允许，就随意闯进我的王国，还撒谎说我把公主许配给了你？你知道吗，只要我一声令下，士兵们就会立刻冲进来，杀了你。"国王恐吓道。

"你的见识这么肤浅，目光如此狭隘，真让我吃惊！你能找到比我更优秀的人做公主的丈夫吗，你见过比我更健壮、更勇敢的人吗？"王子反问道。

"我承认，确实没见过比你更英勇的人，但你既然要娶公主，就应该正式求婚，我才会考虑是否将公主嫁给你，而不是偷偷摸摸混进宫殿。"国王非常生气。

"你说的有道理。但我有一个建议，希望你能同意。"王子说。

"什么建议?"国王问道。

"我建议来一场比武，明天你召集士兵，和我一决高低。你能派出多少兵马呢?"王子气焰十分嚣张。

"四万兵马。"国王立刻回答道。

"好，我就和他们比试一下，如果我能战胜他们，你就要把公主许配给我。"王子胸有成竹地说。

国王同意了，觉得他人不错，便和他一直聊到天明。

国王调集兵马，准备和王子比武，同时也为王子挑选了一匹战马。可是，王子拒绝了。

国王陪王子来到阵前。

"全体将士，这位王子要与你们决斗。他即便你们有四万人马，在他看来也不值一提。你们一定要努力战胜他！"国王发布命令。

"可以开始了，试试你的身手吧。"国王说。

"他们骑马，而我步行，这样不公平！"王子说道。

"我给你挑选了战马，你却不要。那你就自己挑吧。"国王无奈地说。

"这里的马没有一匹我能看得上的，我只想骑我自己的马。"王子摇着头说。

"你的马在哪儿?"王国问道。

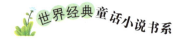

"在宫殿的屋顶上。"王子回答说。

"马怎么可能在屋顶上呢?"国王将信将疑,吩咐士兵去查实。

士兵来到屋顶,发现了一匹用乌木做的马,忍不住大笑起来。

士兵们抬着乌木马来到国王面前,人们好奇地上前观看。

"这就是你的战马?"国王问。

"不错,一会儿你就可以看到它的威力了。"王子回答说。

"现在我要对付你的士兵了,我要让他们胆战心惊!"王子自信地大喊道。

"好吧,不过我的士兵是不会手下留情的。"国王摇了摇头。

王子从容地跨上乌木马,准备冲锋。国王的兵马也摆好阵势,准备迎敌王子按下开关，乌木马腾空而起。

"该死的家伙，快抓住他！"国王大声喊道。

士兵们看见王子坐着乌木马飞走了，十分吃惊。

"国王，世间难道有人能追得上飞鸟吗？还好您平安无事，没有受到伤害。"大臣劝说道。

国王闷闷不乐地回到王宫，对公主讲述了事情的经过。公主正在思念王子，悲伤过度，竟卧床不起。

国王心急如焚，耐心地安慰公主。

"如果见不到他，我就绝食。"公主十分任性。

王子虽然摆脱了危险，但却念念不忘公主。

之前在交谈时，王子得知她是萨乃奥国的公主，因此便安下心来，骑着乌木马飞回波斯。

此时的波斯国王正一脸愁容，见儿子回来了，立刻激动得掉下了眼泪。

"孩子，你总算回来了，那个该死的制造乌木马的学士，让我承受离别之苦，我已经把他抓起来了。"波斯国王

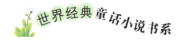

狠狠地说。

王子为学士说情，请求恢复他的自由。

"孩子，经过这次冒险，你以后就别再骑那匹马了，以免受到伤害。"波斯国王嘱咐说，然后释放了学士。

王子把在萨乃奥国的经历告诉了父亲，并发誓一定要娶公主为妻。

第二天清晨，王子偷偷骑上乌木马，再次前往萨乃奥国。

波斯国王见不到王子，十分着急，后来才发现乌木马也不见了。他知道，王子一定是骑着乌木马去找萨乃奥公主了。

"等王子回来，我一定要把乌木马藏起来。"国王叹了口气，自言自语道。

此时，王子已经飞到了萨乃奥国。

他悄悄地来到公主休息的大厅，四处查看，却不见人影。

"公主到底去哪儿了？"王子想，然后继续在王宫里寻找。

最后，他来到公主的卧室，看见公主卧病在床，便不顾侍女的阻拦，闯了进去。

公主看见王子前来，挣扎着坐了起来，两人互诉衷肠。

"你为什么扔下我，独自一人飞走了？没有你，我能开心吗？"公主埋怨道。

"你愿意跟我走吗，到我的王国去。"王子试探道。

"当然愿意，我要永远和你生活在一起！"公主坚定地回答说。

听了公主的话，王子开心得跳了起来，带着公主来到乌木马前，两人骑上马，飞上天空。

侍女们惊叫不止，急忙跑去向国王报告。国王和王后听后，立刻跑出屋抬头观望，只见王子和公主骑着乌木马在高空飞行。

"王子，请别把我的女儿带走！"波斯波斯国王请求道。

王子不顾一切，带着公主飞走了。

为了在公主面前显示一下威风，王子没有直接回城，而是带着公主来到城外的一个花园，这里是波斯国王消遣娱乐的地方。

"你先在这儿休息一下，我进城去见父王，再派人来迎接你，让你看看我们王国的威风！"王子得意扬扬地说。

"好，你想怎么办就怎么办吧。"公主满心欢喜。

王子回到王宫，拜见波斯国王。

见儿子平安归来，波斯国王立刻喜笑颜开。

"父亲，我已经把萨乃奥公主带回来了，她暂时待在城外的花园里，还请父王吩咐列队迎接，也让她看看咱们王国的威风。"王子请求说。

波斯国王应允了，命令全城百姓打扫街面，大臣穿戴整齐，热烈迎接公主进城。

王子拿出收藏的珍宝首饰，五颜六色的绫罗绸缎，还为公主布置了一座宫殿。一切准备妥当，王子才匆匆出城，前往花园。

　　王子来到花园，却不见了公主的身影，再去找乌木马，发现马也不翼而飞了。王子十分疑惑，急得团团转。

　　"她怎么会知道乌木马的秘密呢？会不会是那个学士无意间在这里看见了她，为了报复，就把她和马一起带走了？"王子自言自语道。

　　王子找到园丁，向他打听消息。

　　"有人来过花园吗？"王子问道。

"只有一个学士来采集标本。"园丁回答说。

听了园丁的话，王子更加确信，就是那个学士带走了公主。

原来，学士来花园采集植物标本，却发现了他亲手制造的乌木马。

学士欣喜若狂，经过仔细检查，发现部件完整，没有损坏，打算骑马离开。这时，公主走了过来。

学士立刻被公主的美貌吸引了，心想，这一定是王子带回来的公主。于是，他灵机一动，立刻跪在公主面前。

"您好，公主，我是王子派来迎接您的。"学士说道。

"王子呢?"公主急忙问道。

"王子正在王宫准备。"学士回答说。

"难道除你之外，王子就没有其他仆人吗?"见他奇丑无比，公主厌恶地问道。

"公主，如果是看我丑陋而嫌弃我，那您就错了。如果您能像王子那样了解我，您就一定会赞美我的。王子派我前来，是另有用意，不然，宫里的奴婢成群，为什么不派别人呢？"学士解释说。

"那我们怎么去王宫呢？"公主信以为真。

"我们骑着乌木马去。"学士一边说，一边将公主扶上马，飞向天空。

他们飞了很久，但却不见王宫的踪影，公主有些慌了。

"飞了这么久，怎么还没到，王子到底在哪儿？"公主担心地问。

"王子是个卑鄙小人。"学士恶狠狠地说。

"你这个该死的奴才，竟敢骂自己的主人！"公主十分生气。

"他不是我的主人，是我骗了你。其实这匹马是我亲手制造的，可是被王子抢去了。现在我要把它抢回来，而且把你带走。我终于报仇了，他休想再得到这匹马！你就安心地跟我在一起吧，我一定会对你好的。"学士得意地说。

公主失声痛哭，后悔当时听信了他的谎言，害得与王子

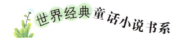

分离。

学士带着公主，在一片树木丛生的河边降落。这里离城很近，恰巧希腊国王带人来这里打猎，看见了学士、公主和乌木马，立刻把他们抓住。

"你和这个老头儿是什么关系？"看见学士奇丑无比，而公主却美丽非凡，希腊国王问道。

"她是我的妻子！"学士回答说。

"不，我根本不认识他，是被他骗到这儿来的。"公主矢口否认。

听了公主的哭诉，希腊国王鞭打学士，然后将他关进监狱，又将乌木马和公主带回王宫。

公主失踪后，王子非常伤心，决心要找回公主。

于是，王子离开王宫，乔装打扮，带上盘缠，开始寻找公主。他不畏艰苦，长途跋涉，到处打听公主的下落。

一天天过去了，王子吃尽苦头，但还是没有一点儿公主的音讯。最后，王子来到希腊，继续打听公主和乌木马的下落。

由于旅途劳顿，王子找了个旅店住下来。旅店里有一伙商人在聊天，王子挨着他们坐下。

"我听到一件怪事儿。"一个商人说。

"什么事儿啊，神神秘秘的，快点儿说吧。"另一个商人问。

"我听说有一天国王去郊外打猎，发现了一个相貌丑陋的老头儿，带着一位美丽的姑娘和一匹精致的乌木马。老头儿谎称是姑娘的丈夫，可姑娘却矢口否认。国王把老头儿痛打一顿，然后关进了监狱。后来的事儿就不知道了。"商人讲述了事情经过。

王子连忙问了进城的路线，然后躺下睡觉准备明日去找公主。

第二天一大早，王子就动身前往城里。可是路途遥远，走了一上午，才来到了城门口。他刚要进城，却被守城的士兵拦住，要带他进宫，让希腊国王询问他的籍贯、职业

和进城的原因。原来，所有来希腊的旅客，都必须经过询问、登记，才能在城中居留。

可是王子赶到这里时，恰巧国王外出游玩，不能办理居留手续，守城的士兵只好把他带到监狱，临时看管起来。

"你从哪儿来？"狱卒问道。

"我从波斯国来。"王子回答说。

听到波斯国，狱卒们都大笑起来。

"关于波斯，我知道很多关于那里的风俗习惯。我们监狱里就有一个波斯老头儿，长得奇丑无比。"狱卒夸张地说。

"他犯了什么罪？"王子急忙问道。

"他是国王打猎时在森林里发现的，由于冒充学士，就被国王关了起来。当时他身边还带着一位美丽的姑娘和一匹乌木马。那位姑娘被接进宫，受到国王的宠爱。只可惜，她疯了。国王非常心疼她，一心要医好她的病。那匹乌木马一直保存在国王的宝库中。狱里的这个波斯老头儿

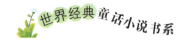

整天唉声叹气，夜深人静时，更是吵得我们睡不着觉。"狱卒抱怨道。

夜里，王子也听到了波斯老头儿的叹息声。

"唉，都怪我欺骗王子，抢走公主，真是自作自受啊！

太不自量力了，追求不属于自己的东西，才导致了这个下场。"波斯老头儿发出连连叹息。

王子一听，立刻明白了，原来是学士在悔过。

第二天，守城的士兵带王子来到国王面前。

"你从哪儿来，到我们这儿来做什么？"国王威严地问道。

"我是波斯人，精通医术，专治各种疑难杂症。我周游世界，观察各国的风土人情，是为了增长见识。"王子撒谎说。

国王十分高兴，向他讲述了萨乃奥公主的病情。

"只要你能医好她，我就满足你任何要求。"国王承诺道。

"我会尽全力治好她的。请您告诉我，她是怎么得的病？"王子问道。

国王详细叙述了当时的情况。

"他们带来的乌木马在哪儿？"王子问道。

"我把它放在宝库里了。"国王回答说。

"行动之前，我必须先检查一下乌木马，要是没什么意外，就可以顺利救出公主了。"王子暗想。

"国王，我想先去看看那匹马，也许能从它身上找到医治公主的方法。"王子请求道。

国王带着王子来到藏马的宝库。王子仔细查看，发现乌木马的所有部件都完好无损，便放心了。

"现在我可以去给公主治病了。"王子说。

王子随国王来到公主养病的房间，看见公主披头散发，疯疯癫癫。事实上，公主并不是真的有病，而是为了保护自己装病。

"小病，没什么事儿。"王子耐心地和公主交谈。

公主认出了王子，大叫一声。国王以为是公主害怕自己，便退了出去。

"我们要设法离开这里。为了保住咱俩的性命，你要暂时忍耐一下。一会儿，我告诉他，你着了魔，要医好你的病，必须解开你的绳索。等他进来，你就演戏给他看，这样我们就可以骗取他的信任。"王子悄声在公主耳边嘱咐道。

"希腊国王，我已经初步诊断出了公主的病情，并给她服了药，她已经有所好转，您进来看看吧。"王子说。

国王刚走进屋子，公主就起身迎接。希腊国王欣喜若狂，吩咐仆人好好照看公主。

"你果然医术高明。想要什么赏赐，尽管说吧！"国王十分高兴。

"国王，如果想让公主完全康复，不再复发，还有一个更彻底的办法，就是请您带着公主和那匹乌木马，去遇见她的地方。我在那儿把魔鬼彻底铲除，让公主彻底康复。"

王子建议道。

"好，就按你说的办！"希腊国王爽快地答应了，立刻带着公主和乌木马，来到他们初次相遇的地方。

王子指挥大队人马站在两侧，把公主和乌木马围在中间。

"恳请陛下允许我略施小计，让魔鬼不再纠缠公主，让她彻底康复！我会骑上马，让她坐在后面。"王子说。

希腊国王非常信任他，希望他赶快收服魔鬼。

王子跨上马，用束带把公主绑在背后，按下开关，乌木马腾空而起，直冲云霄。

希腊国王等了很久，始终不见他们下来，才知道上当了，懊恼不已。

就这样王子带着公主飞回波斯国。

安顿好公主，王子去向父王请安，并讲述了事情经过。国王担心王子再出意外，便下令毁掉了乌木马。

国王和王后为王子和公主举办了盛大的婚礼。王子准备厚礼致书萨乃奥国国王，报告他和公主结婚的消息。萨乃奥国王知道公主健康快乐，也派遣使臣带上书信和礼品回赠王子。

后来两国友好往来，日益密切。

波斯国王去世后，王子继承了王位，在他的治理下，国泰民安。

从此，王子与公主一直幸福地生活在一起。

三个省长的故事

　　埃及是一个神秘而伟大的国度，那里曾经住着一位名叫纳肃儿的国王。

　　在各位大臣和地方官的眼里，纳肃儿不仅拥有着国王的威严，同时也是一个善于倾听的好国王。据说，纳肃儿经常召集地方官员，设宴款待他们，并在席间和他们聊天。

　　在这种轻松的氛围里，地方官员们没有了拘束，很愉快地跟国王聊天。

　　他们不知道，聪明的纳肃儿能在这种轻松的闲聊中间接了解各地区情况，从中发现问题，进而把危害国家和臣民的现象彻底根除。

这一天，纳肃儿下令召集开罗、布拉和密斯鲁三个地方的省长进宫，想和往常一样，跟他们闲聊一番，了解一下三个省的情况。

此时正值冬季，道路上布满积雪，马车跑起来也小心翼翼，速度不是很快。但是，纳肃儿神色平静，耐心地等着省长们的到来。

"一会儿和三个省长聊些什么呢？"他心里盘算着。

纳肃儿知道，这三个省长在地方任职的时间都不短了，想必都有着丰富的阅历，遇到过各种各样的事情，处理过很多稀奇古怪的案件。

于是，他突发奇想，让他们各自讲述遇到过的怪事，这样一来，既拉近了与地方官之间的关系，又可以从中获知各省情况。

纳肃儿打定主意后，便继续耐心等待。过了一会儿，开罗省长和布拉省长一前一后地走进宫殿。走在后面的布拉省长，个子高高的，有点儿驼背，身材偏瘦，始终皱着眉头。

他一脸的疲惫和无奈，让人一看便知这位省长遇到了难事。正当纳肃儿观察这两个省长的时候，密斯鲁省长也急急忙忙走了进来。

由于路途遥远，他快马加鞭地赶来，额头上布满一层细小的汗珠，顾不上擦一下，便和其他两位省长一齐来到国王面前。

看到三个省长都以最快的速度赶来，纳肃儿十分满意，于是吩咐仆人为他们设宴。

"今天路滑难行，各位一路辛苦了。我知道各位在地方负责行政的时间都不短了，遇到过的事情肯定数不胜数，经历自然也是很丰富的。今天我们不妨来聊聊身边那些稀奇古怪的事情，希望你们每个人把上任以来所碰到的最奇怪的一件事说给我听。"在简单询问过三个省的气候和经济情况后，他不着痕迹地把话题引到了自己之前的想法上。

"好的！"三个省长听到国王的吩咐后，没有过多思考，齐声回答。

于是，他们开始挨个儿讲述自己遇到的怪事。开罗省长看了看其他两位省长，稍稍坐直身体，第一个开口了：尊敬的国王，我自从到开罗任职以来，确实碰到过许多事情，其中有一件最奇怪。这件事涉及两个年轻人，他们不像别的小伙子那样从事正当职业，而是专门当证人，看上去经营得有模有样。有了他们的证词，许多案件都进展得更顺利。这样一来，他们自然而然地得到了臣民们的信任和拥护。"

突然，开罗省长的语气一下变得痛恨起来："其实，百姓们不知道这两个年轻人私下里十分可恶，不仅爱酗酒，而且很好色，经常做出很多让人难以启齿的丑恶事情，真是忍无可忍。

"只可惜一直以来都抓不住他们的把柄，不能给他们定罪。由于想不出更好的办法，我只能暗地里找街上的小贩，甚至二人周围的邻居、朋友做我的耳目。在不被发觉的情况下，让他们帮我监视这两个年轻人的一举一动。"

说着说着，开罗省长叹了口气，摇了摇头："我出动这么多人来监视和调查他们，可奇怪的是，每一次都无功而返。直到有一天半夜，忽然有人悄悄来给我报信，说那两个年轻人正在一个房主的家中大吃大喝。

"打听清楚房主家的地址后，为了不打草惊蛇，我只带了一个童仆便赶往目的地。

"到达之后，我看到屋子里灯火通明，便轻轻走到窗户旁边，里面传来嘈杂的声音，仔细一听有男有女。

"这让我更加肯定，那两个年轻人就在屋子里，肯定跑不掉，于是轻轻敲了两下门。过了好一会儿，门终于开了。

"'你是谁'？"一个侍女探出头。我根本不埋睬她，推开门就冲进屋。

"他们看到我闯进来，开始不安起来。唯独房主没有丝毫异样，从容地站起来跟我打招呼。

　　"'我们真诚地欢迎您的到来。'他恭敬地请我坐在首席的位置，然后自己坐在旁边。

　　"盛情难却，我决定留下来看看他到底想干什么，同时搜集可以给那两个年轻人定罪的证据。房主陪我坐了一会儿便起身离开了，没过多久又出现在席间，只不过手上多了一个鼓鼓的布袋子。房主打开袋子，里面竟然装着金币。这让我不由得咽了咽口水，满脸疑惑地看着他。

　　"'省长大人，您精明能干，对于任何不法行为，从来不会姑息纵容，绝对可以不费吹灰之力将我们绳之以法！不

过，我倒是替大人感到不值。想想看，您是尊敬的省长，每天需要处理许多事情，为我们开罗的臣民谋福利，如果只是为了我们这些无聊的事而耽误您的宝贵时间，多么不值啊！您何苦要为我们这些小人伤脑筋呢！'房主面带微笑。

"听完房主的一番话，我渐渐动摇了。如果真的把时间和精力耗费在这些人身上，从而耽误国家大事，岂不是因小失大。

"可是我转念一想，倘若连小事都处理不好，怎么能为国家谋福祉呢？

"'尊敬的省长大人，这只是我们作为臣民的一些小小心意，同时也乞求您赏个脸，别和我们这些小人一般见识，饶恕我们的罪行。'房主看到我略有所思的样子，悄悄把那袋沉甸甸的金币推到我面前。

"'这一次姑且饶了他们，如果屡教不改，等下次再被我抓到，一定重重惩罚。况且，这些金币可是一笔不小的财富，用它可以做很多事情，还可以留一些成为自己的私有财产。嗯，就这样！'我默默地点了点头，心里暗想。

"下定决心后，我并没有立刻接过金币，而是转身瞪着那两个证人。

"'省长大人，您是最英明的人。从今往后，我们发誓会安分过日子，绝不会再做不法之事。'"房主看见我盯着那两个人，心里非常紧张，将金币塞到我的手里。

"'既然你们愿意悔改，那么看在这两个证人曾多次帮助我们侦破案件的情面上，我姑且饶恕你们这一次。如果你们不彻底改掉恶习，我还会想办法处罚你们！'我听到他的保证后，舒展开眉头。

"于是，我便带着沉甸甸的金币抄近路回到了自己的家里。没过多久，天边渐渐升起了一片金灿灿的光辉，牲畜们开始不安分起来，百姓们也纷纷从熟睡中醒来，开始为一天的生计忙活。然而，当我正睡得呼呼作响时，被一阵急促的敲门声吵醒了。

　　"'大人，赶紧起来吧，外面突然来了很多人，说是找您的!'门外的童仆慌慌张张。

　　我一听，赶紧收拾好走出去。

　　"'报告省长大人，我们奉法官之命，前来请您到法院走一趟，有要事商量。'来人一见我出来便立刻说道。

　　"'法官不会无缘无故请我前去，肯定是发生了什么棘手的事情，我得迅速赶去，帮助他调查案件!'我一听，心里咯噔一下。

　　"没有过多犹豫，我起身赶往法院，一进门，竟然看到了那两个以当证人为职业的年轻人。他们站在证人席上看着我，脸上似乎还挂着得意的笑容。

　　"突然，我看到原告席上坐着的竟然是昨晚贿赂我的房主。只见他皱着眉头瞪着我，一副气势汹汹的样子。我渐渐有些心虚。

　　"'法官大人，我要起诉开罗省长，昨夜他勒索我一袋金币，还威胁我不准告诉别人。我只是一个低贱的平民，不敢违背省长的要求，只得等到一大早来法院，请求法官大人主持公道。'果不其然，房主站起来大声说。

"听到这里，我忽然有一种上当受骗的感觉，明明是他们用金币贿赂我，可是现在竟然状告我勒索，这不是颠倒事实吗？

"我断然否认房主的言辞，将昨晚发生的事情全部说了一遍，只是在说到收取金币时，稍微做了一些省略。

"这样一来，大家都知道了我昨晚确实去过房主家，再加上两个证人站出来为房主证明，这让我百口莫辩，只能懊悔当初不该纵容自己贪图一时私欲，听信了小人的花言巧语，放虎归山，最终还害了自己。

"最后，法官做出判决，勒令我立即赔偿房主金币，并向他道歉。堂堂省长的面子都被我给丢尽了，可是世上没有后悔药。我闷闷不乐地走出法院，心里暗自下决心，一定要想办法查清楚那两个证人，抓住他们的把柄，重重惩罚他们，不能掉以轻心再被他们算计，反而让自己栽个大跟头。""糟了，我讲了这件事情，纳肃儿国王会不会因此就不信任我了？"开罗省长讲到这里，突然心里开始犯嘀咕。

纳肃儿看到他的脸一会儿晴一会儿阴，便猜到了他的想法，笑着点了点头，没有指责半句。

这让开罗省长稍稍松了一口气，决定以后要更加尽职尽责，管理好开罗大省，才能对得起纳肃儿国王和臣民们的信任。

而对于纳肃儿来说，在听到开罗省长的讲述后，发觉民间的贿赂现象如果不治理，可能会更加严重，必须采取措施，防止进一步恶化。

"尊敬的国王，奇怪的事情我也遇到过不少。"布拉省长满脸愁苦地走上来。

他开始了讲述："我比较喜欢结交五湖四海的朋友，从来到布拉省任职以来，几乎每天都会接待并宴请很多来往的朋友，开支不断增加，日积月累，觉得自己在财力方面

有些吃不消了，欠下的债越来越多，不到几年，债务竟然达到三十多万金币。

"这着实让我吓了一跳，更加清楚地认识到问题的严重性。庞大的债务压得我几乎喘不过气，整日惶恐不安，没有什么事情能让我开心起来，于是便想尽办法来偿还债务。

"然而，我把自己的产业和一些值钱的家当全部变卖掉，所得也不超过十万金币，远远不够偿还欠下的债务，根本不可能一次性解决掉债务问题，必须得想其他办法才行。

"可每当我想起那高楼一样的债务，就整夜合不上眼睛，不断地唉声叹气。家里人看到我这个样子，也非常着急，却想不出办法化解这场危机。

"幸运的是，债主们看我平日里从不与人交恶，又是省长，并不急于追讨债务，从而让我有充足的时间和精力去偿还。

"但是，这二十万金币的债务就像一个沉甸甸的包袱。可能大家会奇怪，省长怎么会如此落魄？其实，说句实话，我更想知道原因，要不然谁会愿意过这种一眼望不到尽头的生活。

"直到有一天夜里，我正在屋里吃饭，突然听见敲门的声音，便吩咐仆人去看看。

"'大……大……大人，外面来……来了一伙人，他们全部是一袭黑衣，遮着面部，披着斗篷，看起来像是一伙强

……强盗，太可怕了！'仆人惊慌失措地跑回来，仿佛遇到了魔鬼一般。

"听到仆人说像是一伙强盗，我心里也七上八下，那可是一些心狠手辣的亡命之徒啊！即便是害怕，我还是鼓足勇气走了出去。为了全家人的安全，我必须站出来，勇敢面对这帮人。门外的一伙人见我出来后，立刻围了上来。

"这时，我注意到站在最前面的彪形大汉与其他人的装扮有所不同，虽然同样身披黑色斗篷，却赤裸着结实的胸脯和两条柱子一样的臂膀，样子非常凶悍。

"我虽然鼓足了勇气，但是看到此人，心里还是闪过一丝恐惧，双手下意识地握紧了宝剑。

"'为什么深夜来到我家？'我壮着胆子问。

"'省长大人，不必害怕，我们来到您家并没有恶意。我们跟那些所谓的强盗不同，虽然抢夺别人的东西，但却以此来帮助那些贫苦的百姓和需要帮助的臣民。所以，现在您大可放心，小心收好手中的宝剑。我相信，您一定会对我接下来的话感兴趣。'大汉回答。

"'我相信你，你说吧。'我看到这伙人并没有什么恶意，提到嗓子眼的心终于平静了些。

"'是这样的，我们听说您喜欢结识朋友，这一点我个人十分认同，与此同时，听说您欠下了不少债务，所以决定帮助您解决问题。您觉得怎么样？'大汉问。

"我一听，心里十分欣喜，如果他们真的能够帮助我偿还债务，那该是多么好的事情啊！

"看来，民间还是有很多善良的人，在别人处于困难的时候，伸出援助之手。而且从这件小事上可以看出，布拉实际上是一座充满友善的城市。

"'不管怎样，我首先要感谢各位的好意，要不是你们，面对那些债务我根本看不到任何希望。'我急忙回答。

"大汉见状，摆了摆手，吩咐几个手下抬进来一个大木头箱子，打开一看，里面装的全部都是金银器皿。

"'刚才，我们打劫了一个有钱人，抢来这箱宝贝。之前听说您遇到了困难，于是我们索性就把这箱东西连夜送来了，希望可以帮助您偿还一部分债务。'他一边命令手下将箱子抬到家中，一边解释。

"'卖掉这些东西，的确可以换些金币来还债，可是，这些宝贝真的是他们带来帮助我的吗？难道没有别的意图？'看到一箱子宝贝，我心里忍不住地想。

"'您放心，我们今夜前来，就是想帮助您，所以那箱东西您尽管收下，我们不会索要一枚钱币。'大汉似乎是看出了我的疑惑。

"听到大汉的话语，我对刚才自己的小心眼产生了一丝羞愧。现在看来，他们确实是来帮助我的。于是，我收下了那箱金银器皿。那些人迅速离开，转眼间又融入到夜的黑暗中。而我很长一段时间都没有困意，一想到自己能够解决掉一部分债务，心里又欣喜又激动。

"天刚蒙蒙亮，我就早早起床穿戴好，一改往日愁苦，精神抖擞地准备去拜访一个客商朋友，把那箱宝贝卖给他，从而换取一些金币。

"我一心想着要给所有人一个大大的惊喜，就没有通知家里其他人，只叫了两个仆人负责抬箱子。路上没有几个行人，我们没多久就来到了朋友家。客商看见那箱金银器皿，顿时眼前一亮。

"我向朋友说明了这箱宝贝的由来。朋友听后立刻表示愿意一次性付给我十万金币，来换取这一箱子的宝贝。我压根没想到，这箱宝贝能换十万金币，远远超出了自己的预料。

"我在惊讶之余更是欣喜，加上之前变卖产业和贵重物品所得的十万金币，手上总共积攒了足足二十万金币。

"回到家中，我把这个好消息告诉给家里人。他们的脸上绽放出笑容，甚至开始憧憬以后的安定生活。

"过了两天，我又在半夜听到敲门声，原来是之前帮助过我的那个大汉。他身边跟着一帮人，看装扮估计还是上次那伙人。

"'各位，上次的事情真的是太感谢了，你们帮助我减轻了不少债务压力。只是，不知今夜各位到家中是为了什么？'我赶忙询问。

大汉并没有急着回答我的问题，而是命令手下抬进来几个木箱子，和上次的几乎一模一样。

"'难道这伙人仍然想慷慨地帮助自己？'我脑海里突然闪现出一个想法。有了这个想法，我心里立刻紧张而期待起来。大汉的手下打开所有箱子，里面果然堆着很多金银器皿和珠宝首饰，数量显然比上次要多。

"'省长大人，这些是今夜我们得到的一笔横财，想到上次没能帮助您彻底解决掉债务问题，今夜特意将这些宝贝带过来，希望可以帮助到您。'"大汉命令手下将这宝贝全部抬进了屋。

"听到他的话，我欣喜得眼睛发酸，激动地连连道谢，毅然决然地把之前积攒的、准备还债的二十万金币拿出来，作为对这伙人的感激。

"可能有人会说我傻，认为我自己都负债累累了，还如此大方地拿出二十万金币给别人，这难道不是傻子才会做的事情吗？

"或许，傻子都不会干这样的事。可我很清楚，今夜这几大箱宝贝的价值可远远不止二十万金币！

"有了这些宝贝，我的债务问题可以彻底解决了，除此之外，可能还会剩下一部分，这样我就有了积蓄。

"想到这里，我毫不犹豫地把二十万金币作为酬劳送给了大汉。他高兴得眼睛都眯成了一条缝，连连道谢后便带着手下迅速离开了。

"这一夜似乎尤为漫长，过了好久才等到天亮，我带人把几大箱宝贝抬到集市上，准备把它们全部卖掉，换回更多金币。

"这些宝贝很快吸引了许多来往的臣民，大家纷纷围上来，想见识一下这么多的珍贵物品。突然，人群中有一个声音引起了大家的注意。

"'您的珠宝是假的，这些金银器皿上镀的是一层铜和锡，如果不仔细看是很难发现的。'只见一个中等身材、头戴毡帽的商人拿起一个杯子仔细看了看，又拿起一串珍珠研究了一番。

"我听到这个结论，就像踩到了地雷，炸得大脑里一片空白，情急之下，派人找来了上次买走我宝贝的商人朋友。

"果不其然，朋友也得出了一样的结论，说所有这些加起来，价值最多不超过五百个金币。

"看到我渐渐泛白的脸，商人朋友出于同情，表示愿意买走这些破铜烂铁，也算是帮我一把。

"细细想来，天下没有免费的午餐，那伙人分明是一帮高明的骗子，害得我将自己的十万金币转眼间变成五百个金币，这样一来，债务问题非但没有解决，反而更加严重。之后很长一段时间，我整日没精打采，一想到此事就气得浑身发抖。

"但是，身为布拉的省长，我肩上的责任更大，不能一直被私事所困扰，债要还，日子还得继续过。"

布拉省长的故事讲完了，大家似乎都在奇怪，怎么一个省长会落魄到这种地步。

"地方官员宴请来往客人的花费应该适当缩减。还有，布拉省的这伙骗子，作案手段十分高明，如果不早日将他们绳之以法，还会有更多的臣民上当受骗。"纳肃儿思考着。

看着布拉省长的脸上愁云密布，还时不时地哀叹一声，纳肃儿没有说话，而是用鼓励的眼神看着他，同时一只手搭在他的肩膀上，轻轻拍了几下。

纳肃儿是在用行动来鼓励布拉省长，给予他坚持下去的力量。

三个省长将这一幕都看在眼里，心里非常温暖，纷纷向国王投来感激的目光。

接下来，密斯鲁省长走上来，深深鞠了一躬："尊敬的国王，自从我到密斯鲁任职以来，同样经历了不少稀奇古怪的事情，其中有一件让我记忆尤为深刻。

"事情发生在不久前，经过长时间的暗中调查，我们最终成功地抓获了一个犯罪团伙。其中的十个人是罪大恶极的强盗，作案多起，犯下不可饶恕的罪行。所以，大家通过共同商议，按照我们国家的刑法规定，判处十大恶人绞刑，并且立即执行。

我亲自监督，在行刑后，需将罪犯的尸体进行示众，以此来警戒其他人。

于是，我吩咐几个当差的戍卫将每具尸体分别摆放在一块木板上，让他们严格看守，不允许出现任何差错。

"第二天，我亲自到刑场视察执法情况，远远就看到了昨天被处以绞刑的尸体。

"'省长大人，昨天被处以绞刑的十具尸体全部都放在那里，没有丝毫问题，请大人放心！'我本想走上去查看，但旁边当差的戍卫急忙开口说道。

　　"'恩，一定要严格看守，不能掉以轻心。'我刚要转身回去，余光扫过那排尸体，只见最后面的一块木板上竟然摆放着两具尸体。

　　"'为什么两具尸体放在一块木板上，这是怎么回事，另一块木板去哪儿了?'我厉声问。

　　"看到我怒气冲冲的样子，几个当差的戍卫吓得直哆嗦，竟然全都支支吾吾，没有一个可以解释清楚这到底是怎么一回事。

　　"我感觉有点儿不正常，于是走上前仔细观察那些尸体，发现最后一具尸体并不是昨天被处以绞刑的十个罪犯中的任何一个。

　　"我敢断定，昨天夜里一定发生了一些事情。一种可能是负责看守的戍卫真的不知道昨夜究竟发生了什么事情，那么这件事就显得太诡异了。

　　"另一种可能是这些当差的戍卫知道发生的事情，但是为了掩盖自己的疏忽，故意有所隐瞒。

　　"通过分析，加上刚才他们的反常表现，我可以断定，是他们几个没有尽职尽责，出现了差错。于是，我下令将这几个昨夜负责看守尸体的戍卫抓了起来，准备严刑拷打，查出事情的真相。这样一来，那几个戍卫再也不敢有一丝隐瞒，一个个老实交代了事情的原委。

　　"原来，昨天午夜里，负责看守尸体的几个戍卫私下里喝了点儿酒，其中有几个喝多了便呼呼大睡起来，剩下的几个即使没喝醉，在没有发现异常后，也放松了警惕，最

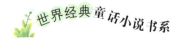

后睡着了。

"直到有一个人从睡梦中醒来，发现少了一具尸体，一想肯定是有人趁他们熟睡的时候，把尸体连同木板一并偷走了，顿时吓得冷汗直冒，赶紧叫醒其他几个戍卫，分头出去寻找。

"发生这样的盗尸案件，实在是因为他们几个玩忽职守，才让小偷有可乘之机。他们的当务之急是趁天还没亮，找到那具丢失的尸体，至少这样能交差。可是，他们在城里苦苦寻找了好久也没有发现任何蛛丝马迹。眼看再有几个时辰天就要亮了。正当他们忧心忡忡、无计可施的时候，隐隐约约听到城门外有赶驴的声音。

"他们眼前一亮，立刻追出城外。果然，一个打扮古怪的乡下人正急急忙忙地牵着驴赶路，驴背上驮着一个麻袋。

"由于那几个犯下错误的戍卫急于找到尸体交差，并没有搜查赶驴人，而是不管三七二十一，胡乱把他抓起来吊死了，趁着黑夜偷偷将尸体运回刑场。

"可是他们一时间找不到一样的木板来摆放尸体,无奈之下,只好将赶驴人的尸体安放在其中一具尸体的木板上,从而凑足数目,希望次日在没有人察觉的情况下,蒙混过关。

"不料,他们的计谋被我当场识破,等待他们的将是法律的制裁。了解完事情的真相,我气得呼呼喘气,询问他们乡下人牵着的驴和麻袋在什么地方。

原来,他们几个看天快亮了,尸体被盗的事情随时可能被发现,没有时间处理那头驴和乡下人的东西,暂时将其扔在城外的树林里。于是,我派人到他们交代的地点找回了乡下人的驴和麻袋。谁知一打开麻袋,所有人都呆住了。原本以为里面装的是乡下人的随身衣物或者其他贵重物品,不料却是一具被肢解的尸体。原来,这个赶驴人原本就是一个杀人犯,结果误打误撞却被别人杀了。"

大家震惊之余,暗自感叹。

"当差的戍卫竟然犯这样的错误,必须得引起重视,否则日后定会产生更严重的后果!"聪明的纳肃儿在听完密斯鲁省长的故事后,同样流露出惊讶的表情。

不知不觉中,三个地方官员都一一讲述了发生在自己身上的奇怪故事。纳肃儿一边认真听,一边不停思索,对三个省长的表现十分满意。

自从纳肃儿与三个地方省长闲聊之后,间接地采取了一系列措施,帮助他们更好地治理各省。他在位期间,埃及的经济不断发展,与周围国家的贸易不断扩大,臣民们安居乐业,过着安定团结的生活。

相同的判决

很久以前，有两个亲兄弟，他们关系非常好。哥俩心往一处想，劲往一处使，贫穷的日子慢慢有了起色。哥俩合伙盖了一座房子，再也不用过饥寒交迫的日子了。

有了余钱，哥俩又买了一头骡子，用来耕地和做生意。哥俩虽然没挣到什么大钱，但总是东西一起用，钱一起花。谁也没对谁产生过猜忌。

要是日子就这样过下去，哥俩也就相安无事了。可命运有时候偏偏捉弄人，把本来平静的生活给打破了。

一天，弟弟在劳作时，挖出一个宝库，里面的宝物要是变卖，几辈子也花不完。看着这突如其来的财富，弟弟高兴坏了。

"要是和哥哥平分，属于自己的财富就少了一半。要是不分，宝物就都是自己的。再说，关哥哥什么事儿，这笔外财就应当归我所有。"弟弟心里琢磨着。

弟弟拿出财宝的一部分，盖了一座新房子，然后就和哥哥分家了。弟弟一夜暴富，连自己是谁都不知道了，不但看不起曾与自己同甘共苦的哥哥，连多年的邻居也爱理不理了。

一天，他来到贫穷哥哥的家里。

"我想把咱们合伙盖的房子拆了，收回属于自己的一半财产。骡子也杀了吧，虽然瘦了点，但属于我的那一半喂狗也好。"弟弟进门就对哥哥说。

"弟弟呀，你这不是要我的命吗？没了房子，没了骡子，我住哪？怎么做生意？求求你了，不要害我，把这座房子和骡子留给我吧！"哥哥哀求道。

见穷哥哥有求自己，弟弟更是不屑一顾。

"我必须收回属于自己的那份儿！"弟弟坚定地说。

"我可以付钱给你，结清属于你的那一半。"见弟弟不同意，穷哥哥又拿出了仅有的一点儿钱，说道。

"不行，我的就是我的，必须拿走。"弟弟坚决不同意。

没办法，兄弟俩一同去找法官。

"请做出公正的判决吧。我们的房子是共同盖的，骡子是共同买的，今天弟弟发财了，有了新房子，很豪华，还有几百头牲口。可是他还要回来拆我住的房子，杀掉骡子，取回属于他的一半财产。我要求付钱给他，买回属于他的那一半，可他就是不同意。"穷哥哥说道。

"我在处置属于自己的财产，又没要属于他的东西，他却想要夺取属于我的东西，难道这公平吗？"弟弟听完穷哥哥的话，对法官说道。

"说得对，你的做法很公平，就按你的意思办吧。"法官听完哥俩的陈述，义正词严地对弟弟说道。

穷哥哥无话可说，只能眼睁睁地看着弟弟让人杀了骡子，把肉分成了两份儿，然后又要拆房子。

这时，穷哥哥从自己的半间房屋中搬出了东西，然后就要放火烧房子。

"你不应该烧掉属于我的那一半房子。"弟弟说。

"我这是在支配自己的财产，谁也别想阻止我，我要在烧毁房子的土地上种黄豆！"穷哥哥说。

哥俩又去找法官解决新的纷争。

"我上次做出的判决仍然有效，你们每个人都有权处置属于自己的财产，弟弟要拆房子，哥哥不能阻止，哥哥要烧毁属于自己的房子，也是行使权力，两者并不矛盾。"法官说道。

"去吧，你要怎么干，就去怎么干。"法官听完他们的陈述，然后对穷哥哥说道。

弟弟极力阻止穷哥哥烧房子。

"我这是在执行法官公正的判决，你想违法吗？"哥哥说完，一把火烧了房子。

然后，穷哥哥拿来了镐头，在烧毁房屋的土地上翻土，并种上了黄豆。

转眼间，黄豆长大了，绿油油的，结了饱满的豆荚。

一天，弟弟的儿子从穷伯伯的土地路过，看到饱满的豆荚非常喜欢，就摘了几个吃进肚子里。

穷哥哥看着侄子吃完了豆荚，就拉着他的手去找弟弟。

"你儿子吃了我五粒黄豆，所以我要剖开他的肚子，取出属于我的豆子。"穷哥哥说道。

弟弟一听吓坏了，儿子可是他的命根子呀，这要是被穷哥哥给剖腹取豆，可是必死无疑啊。

"哥哥呀，咱俩是亲兄弟，你不能这样做，我用别的豆子赔给你好了。"弟弟说道。

"不行，我就要属于我的豆子，它就在你儿子的肚子里。"穷哥哥没被弟弟的乞求所打动坚持着说。说着，"蹭"地一下，从腰后面拿出了一把闪着寒光的尖刀。

弟弟这下知道报应来了，可是为时已晚。

"哥哥呀，我儿子吃了你五粒豆子，我还你五百斤豆子行了吧，只要你不杀我的儿子。"弟弟一把鼻涕一把泪地说道。

"不行！我不要你的豆子，就是给我五千斤豆子我也不要，我就要属于我的豆子。"穷哥哥不依不饶。

弟弟见穷哥哥坚持要属于自己的五粒豆子，没有办法，只能去找法官来判决。

"我的判决还和上次一样，每个人都有权支配属于自己的财产，你哥哥有权要回自己的五粒豆子。至于他为什么要这么做，你要好好想一想。你走吧，以后不要来找我了！"法官听完弟弟的申诉，说道。

弟弟听后灰心丧气地回到了家。

"法官怎么说？赶快让我剖腹取豆！"穷哥哥不依不饶。

弟弟没有办法，请来了村里的族长和德高望重的人，想让他们为自己的儿子说情，并答应分给哥哥一半的财产，只要留他儿子一条命。

德高望重的老人和族长一起去找穷哥哥，把弟弟的想法告诉了他。

"他的儿子也是我的侄子，我怎么能忍心杀他呢？我所做的这一切，无非是想告诉他，做人不能太过分，亲情比什么都重要！"哥哥说道。

"哥哥，我错了，我让贪婪迷住了眼，让我们抛弃前嫌，重归于好吧。"弟弟听了哥哥的话，非常后悔。

哥哥原谅了弟弟，一起过上了幸福的生活。

格列佛游记

我叫格列佛，出生在英国诺丁汉郡一个并不富裕的家庭，后毕业于剑桥伊曼纽尔学院，曾经是一名外科医生。

我曾以船医的身份多次参加航海，去过东印度群岛和西印度群岛。我总能幸运地得到大量的书籍，所以在空余时间里阅读了许多古今优秀作品。在船靠岸的时候，我喜欢观察当地人的风俗习惯，学习他们的语言。凭借不俗的记忆力，我还真的学会了好几种语言。

如今我接受了"羚羊"号船主兼船长威廉·普利查德先生的邀请，准备去南太平洋一带航海。1699年5月4日，我们从英国南部一个叫布里斯托尔的海港出发，开始了新的航程。

航行途中，一阵强风暴把我们刮到了凡迪门兰的西北方。据观测，我们所在的位置是南纬32°02′。船员中有十二个人因为操劳过度和饮食恶劣而丧生，其余人的身体也极度虚弱。

11月5日，那一带正值初夏，天空大雾弥漫，加上风势猛烈，我们的船径直撞向一块礁石，船身被撞得碎裂开来。连我在内的六名船员将救生艇放到海里，竭尽全力离开大船和礁石。

我们只划出去三海里远，就再也没有力气了，只好听凭波涛的摆布。大约过了半个小时，一阵狂风从北方吹来，将救生艇掀翻，只有我侥幸活了下来。

我随波逐流，被风浪推想前去。我不时将脚探下去，但总也探不到底。水已经快要没过头顶了，眼看着我就要被淹没了，可就在这时，风暴居然大大减弱。

我再次将脚探下去，发现竟然可以够到海底了。我向前游了差不多一千五百米，终于到了岸上，此时大约是晚上八点钟。

我又继续往前走了七八百米，没有见到任何房屋和居民。我疲惫到了极点，再加上天气炎热，离船前我还喝了一千毫升白兰地，所以非常想睡觉。我在草地上躺下来，草很短，软软的，不一会儿就进入了梦乡。

我睡了大约九个小时，醒来时太阳正好从东方升起。我想站起来，却发现自己动弹不得。我的胳膊和腿都被牢牢地绑在了地上。我又长又厚的头发，也同样被绑住了。从腋下到大腿，我感觉身上也横绑着一些细细的带子。因为我是仰面躺着的，所以只能朝上看。太阳开始热起来，阳光刺痛了我的眼睛。我听到周围一片嘈杂声，但除了天空什么都看不见。

过了一会儿，我觉得有个什么东西在我的左腿上移动，而且慢慢地越过我的前胸，几乎到了我的下颏前。我尽力往下望，竟然看见一个身高不足八厘米、手持弓箭、背负箭袋的人！在他的后面，跟着四十几个同样的小人儿。我十分惊奇，大吼一声，结果吓得他们抱头鼠窜。后来有人告诉我，他们之中的几个人从我的腰部往下跳，竟然跌伤了。但是很快他们又回来了，其中的一个竟然走到能看清我整个面孔的地方，只见他举起双手，瞪大双眼，一副惊羡的样子。

我当然不会让他们为所欲为。我用力挣扎，把捆住左手的绳子弄断，然后又挣断了绑住我左侧头发的绳子，我的头终于可以稍微转动了。他们吓得逃开了，我听到一个声音在大喊："海琴那·德古尔！"顷刻间，有一百多支箭射到我的手上，然后又有无数的箭射到我的身上和脸上。我感到一阵刺痛，只好放弃挣扎，他们也就不再对我射箭了。

过了一会儿，我感觉周围的吵闹声又大了起来。在我的右耳处，敲敲打打大约闹了一个小时，好像是有人在干活。在木钉与绳子允许的范围内，我将头朝那个方向转过去，看见地上竖起了一个四五十厘米高的平台，旁边还立着两三副梯子。

这时，一个看上去很有身份的人对我发表了一通长长的演说，只是我一个字也听不懂。他是个中年人，比跟随他的另外三人个子都要高。三人中有一个是侍从，身材只比我的中指略长一点，正替演说者拽着拖在身后的衣服，另外两人站在左右搀扶着他。他一副演说家的派头，看得出他用了不少威胁性的词句，有时也许下诺言，表示他的同情与友好。我应了几声，态度极为恭顺，而且我举起左手，双目注视太阳，请太阳给我作证。

由于从离船到现在已有好长时间没吃东西了，所以我向他表示要吃东西。许久，他终于明白了我的意思。他从平台上下来，命令在我身体两侧放置几副梯子，立刻就有一百多个小人儿将盛满了肉的篮子向我的嘴边送来。这肉是国王接到关于我的情报后，下令准备并送到这儿来的。

见我吃饱了，一位大臣又带着十二三个随从，从我的右小腿爬上来，一直来到我的面前。他拿出盖有国玺的身份证书，递到我眼前，说了大约十分钟的话，虽然他没有任何愤怒的表情，但说话的样子很坚决。他不时地用手指向前方，后来我才明白，他是在指七八百米外的王都，国王已在御前会议上作出决定，要把我运到王都去。

由于语言不通，我们的交谈都是通过肢体动作来表达的。我感觉脸上、手上的箭伤还在隐隐作痛，而且许多箭头还留在里面。我本想努力挣脱束缚，但看到这些小人儿的数量又增加了许多，只好做手势让他们明白：爱怎么处置就怎么处置吧。大臣很满意我的表现，命令士兵在我的伤口上涂抹药膏，过了几分钟，伤口竟然好了。

过了一夜，他们弄来一台巨大的机器。机器的架子是用木板制作的，长约两米，宽一百五十厘米。他们用滑轮把我放到木板上，并且把我牢牢捆住，然后用一千五百匹十二厘米高的小马将我拖向王都。

第二天中午时分，我们终于离城门不足两百米了。国王率全体官员出来迎接，但他的将军们坚决不让他冒险爬到我的身上来。

进城后，这架机器被拖到一座古庙里，据说这座古庙是全王国最大的一座建筑。他们决定让我在古庙里住下。因为古庙朝北的大门有一百二十厘米高、六十厘米宽，我可以轻松地爬进爬出。大门两边各有一扇小窗，离地约十五厘米。国王的铁匠从左边的窗口拉进去九十一条铁链，那些铁链很像欧洲妇女在节日上佩戴的链子，粗细也一样。铁匠又用三十六把挂锁把我的左腿锁在铁链上。

在大路的另一侧，与古庙相对的，是一座大约一百五十厘米高的塔楼。国王和朝中官员可以在这座塔楼上观看我的模样。从城里出来看热闹的人大约有十万之众，而且至少有一万人用梯子爬到我身上来观看。但不久国王就发出了公告，禁止这种行为，违者将被处以极刑。

当人们觉得我不可能再挣脱时，就将捆绑我的绳子全都砍断。我站立起来，觉得一生从来没有这样沮丧过。当人们看到我站起来走动时，惊讶的表情简直无法形容。拴住我左腿的铁链长约两米，不仅可以使我在一个半圆的范围内自由地前后走动，而且因为拴铁链的地方离大门不到十厘米，所以我可以爬进古庙，伸直身子躺在里面。

我四下看了看，应该承认，从未见过比这更赏心悦目的景色。周围的田野像看不见尽头的花园，田地一般都是十二米见方，就像许许多多的花床。田地间夹杂着树木，最高的树大约有两米高。我望着左边的城池，那样子就像戏院里的布景。

这时，国王骑马向我走来。他的马虽然受过良好的训练，但见了我却明显不习惯。仿佛我是一座在它面前动来动去的山，不由得受惊，前蹄悬空站了起来。幸亏国王是位出色的骑手，依然能在马鞍上坐稳。这时，侍卫赶紧跑过来勒住缰绳，国王才得以从马上下来。下马之后，他以非常惊讶的神情绕着我走了一圈，仔细地上下打量，不过一直站在铁链的长度以外。王后和王族的年轻成员，在许多贵妇人的陪伴下，坐在离我稍远一点的轿子里。

国王命令厨师和管家把酒菜送到我面前。厨师和管家显然早已做好准备，一听到命令就马上用轮车把食物推了过来。轮车共有三十辆，二十辆装满了肉，十辆盛着酒。每辆肉车上的肉足够我吃两三口，每辆酒车上有十小罐酒。我抓起肉，拿起酒，一会儿就一扫而光。

国王的身高比其他王公大臣都高，大约高出我的一个指甲盖大小，但仅此就足以使看到他的人肃然起敬。他长着奥地利人的嘴唇，鹰钩鼻，茶青色的皮肤，表情端庄，身材匀称，举止文雅，英俊威武。他已不再年轻，现年二十八岁零九个月，在位大约七年，国泰民安。为了能看清楚国王，我侧身躺着，正对着他的脸。他的服饰非常简朴，样式介于亚洲和欧洲之间，头戴一顶镶满珠宝的黄金盔。他手握利剑，嗓音很尖，但嘹亮清晰，即便我站起来也能听得真真切切。

傍晚时分，我就爬回古庙，躺在地上，就这样住了大约两个星期。这期间国王下令给我造了一张床，是用他们六百张双人床拼起来的。他们还用同样的方法为我准备了床单、毯子和被子。

国王多次召开会议，讨论我的问题，最后决定：王都周围九百米以内的所有村庄，每天早上必须送来六头牛、四十只羊和其他食品作为我的食物，此外还须提供相应数量的面包、葡萄酒和其他酒类，费用从国库支取。国王还命令组成一支六百人的队伍做我的听差，下令三百名裁缝制作一套本国样式的衣服给我，并雇佣六名最伟大的学者教我学习他们的语言。最后，国王还要他的御马、贵族们的马以及卫队的马时常在我跟前操练，使它们习惯于我。

过了一段时间，我已经能够简单地和他们交流了。此时，我才知道这个国家叫利立浦特王国。国王派来两名官员对我进行了搜身，当然是在我允许的前提下。我偷偷做了手脚，并没有让他们检查我的一个秘密口袋，这里有一副眼镜、一个小型望远镜和其他零碎东西。检查完毕后他们向国王递交了一份报告：

在巨人山（他们对我的称呼）上衣的右边口袋里，经过最严格的搜查，我们发现了一大块粗布，大小足可做陛下大殿里的地毯（其实是我的手帕）。在他马裤右边的大口袋里，我们看见一根中空的铁柱子，有一人来高，固定在一块比铁柱子还要粗大坚硬的木头上，柱子的一边伸出几块大铁片，古怪得很，不知道是做什么用的（其实是我的手枪）。

还有两只口袋我们进不去，他说是表袋，实际就是他马裤上端开着的两个狭长的缝口。右边表袋外悬着一条巨大的银链，拴着一部机器，这部机器很神奇（其实是我的怀表）。

我们让他把链子上拴的东西拉出来，原来是一个圆形物

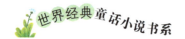

体，半面是银，半面透明。透明的一面画着一个奇异的图形，本想摸一下，可手指被那层透明的东西挡住了。他把那机器放到我们耳边，可以听见它不停地发出声响，就像水车一样。我们猜想，这不是某种我们不知道的动物，就像是他所崇拜的上帝，但我们更倾向于后一种猜测。他无论做什么事，都要先请教它。他管它叫先知，说每做一件事都要由它来指示时间。

国王语气温和地命令我拿出"空心铁柱"，我按他的旨意掏出手枪。我向天空开了一枪，尽管事前已经告诉了人们手枪的用途，可还是有几百人吓昏了。国王虽然依旧挺直着身子，但也呆了许久才缓过神儿来。他们收走了我的武器，把其余的物品退还给了我。

在小人国的这段时间里，我尽量表现得平和温顺，使他们对我消除恐惧心理，同时也换来我的自由。比如我让他们在我的手心上跳舞，让他们在我的头发里捉迷藏。

国王还安排小人儿在我面前表演了许多他们国家的著名

戏剧。

我无时无刻不想获得自由，在这段时间里，我给国王上了许多奏章。过了很久，他终于在内阁会议和国务会议上提及了此事。经过激烈的讨论，他们终于同意了我的请求，但条件是我必须宣誓服从他们提出的条件。这些条件是这样的：

1. 没有加盖我国国玺的书面许可，巨人山不得擅自离开本国领土。

2. 没有得到命令，不准擅自进入居民区；如经特许，居

民应该在两小时前就不得外出。

3.巨人山只可以在我国的主要大路上行走，不得随意践踏草坪、庄稼。

4.在大路上行动时要绝对小心，不得践踏居民、车马；未经本人同意，不得将居民拿到手里。

5.如遇急件，巨人山须将信使连人带马装进口袋，一月一次跑完六天的路程；如有必要，还须将信使安全地送到国王面前。

6.巨人山应与我国联盟，迎战伯里克岛的敌人，竭尽全力摧毁正准备向我们发起进攻的敌军舰队。

7.在空闲时间，巨人山要帮助我们的工匠搬运巨石，建造大公园外墙和其他皇家建筑。

8.巨人山应用步量法沿海岸线测量，在两个月内，呈交一份我国疆域周长的精确测量报告。

如果巨人山郑重宣誓遵守上述各条，即可每天得到足以维持我国一千七百二十八名居民生活的肉食与饮料；可随时拜见国王，同时享受国王的其他恩典。

我宣了誓，并在条款上签了字，尽管有几条不那么体面。锁链一打开，我就获得了完全的自由。国王也特别重视，参加了整个仪式。我伏在国王身前谢恩，但他命令我站起来，说了很多赞美之词，希望我做一个有用的仆从，不要辜负他已经赏赐给我和将要赏赐给我的恩典。

获得自由后，我第一个要求就是想参观一下王都密尔敦多。国王爽快地答应了，只是特别关照不得伤及当地居民和民房。人们也从告示里得知我将访问王都的消息。

王都的城墙有七八十厘米高、二三十厘米宽，一辆四轮马车可以轻松地在上面行驶。城墙两侧每隔三米就有一座坚固的塔楼。我跨过西大门，谨慎前行，侧着身子穿过两条主要街道。我只穿了件短背心，因为我担心上衣的下摆会损坏房子的屋顶或屋檐。虽然国王严令禁止任何人出门，但我走路还是十分小心，生怕踩到街上的行人。阁楼的窗口和房顶上全都挤满了看热闹的人。

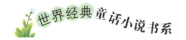

这座城市是一个标准的正方形，每边城墙长一百五十多米。两条大街各宽一百五十多厘米，十字交叉将全城分作四个部分。胡同与巷子我是进不去的，只能从旁边路过时看一下，它们的宽度从三十厘米到四十五厘米不等。全城可容纳五十万人。房子有的高三层，有的高五层。有商店和市场，百货齐全。

大概是获得自由两个星期后的一个早晨，内务大臣瑞尔德里沙来到我的寓所。他只带了一个随从，吩咐马车在远处等候，请求我同他谈一个小时。由于他的身份和个人功绩，也由于他帮过我不少忙，我爽快地答应了他。为了说话方便，我提出躺下来，但他更希望我把他拿在手里交谈。他先是对我获得自由表示祝贺，说他在这件事情上是有功的，不过他又说，要不是因为朝廷现在的处境，我也许不会这么快就获得自由。

"因为，我国正受到伯里克岛敌人入侵的战争威胁。那是世间又一个大王国，据我们所知，它的面积与实力和我国不相上下。至于我们听你说世界上还有其他一些王国和国家，住着像你一般庞大的人类，我们的哲学家对此深表怀疑。他们宁可认为你是从月球或者其他某个星球上掉下来的，因为身躯像你这么大的人只要有一百个，短期内就肯定会将国王陛下领地上所有的果实与牲畜吃个精光。再说，我们的历史上除了利立浦特和伯里克两大王国外，也从来没有过其他什么地方。我下面要告诉你的是，这两大强国在过去三十六个月里一直在进行着战争。战争的爆发是由于以下原因：我们认为，吃鸡蛋前，方法是打破鸡蛋较小的一端，可是他们却认为应该打破鸡蛋较大的一端。现在他们建造了一支庞大的舰队，正准备向我们发起进攻。陛下深信你的勇气和力量，所以才命令我将此事告诉你。"他这么告诉我。

我请内务大臣转告国王：虽然我是个外国人，不便干预他们之间的纷争，但为了保卫国王陛下和他的国家，我甘冒生命危险，随时准备抗击一切入侵之敌。

伯里克王国是一个岛国，在利立浦特王国的东北方，两国间只隔一片宽约八百米的海峡。我还没有见过这个岛。自从得到敌人企图入侵的消息以后，我就避免在那一带的海岸露面，为的是不使敌人的船只发现我，他们至今也没有得到关于我的任何情报。战争期间，两国间的来往一律严格禁止，违者将被处以死刑。国王同时下令所有的船只禁航。我向国王提出了一个夺取敌人整个舰队的方案。

据前线侦察员报告，敌人的舰队正停泊在一处不易被发现的港湾，一旦顺风便会立刻起航。我向经验丰富的海员询问海峡深度，他们曾多次测量过，海峡中心高水位时约有两米深，其他地方最多不过一百三十厘米。我向东北海岸走去，对面就是伯里克岛。我在一座小山丘后趴下，取出袖珍望远镜，看到了停泊在港口的由五十艘战舰和大量运输船组成的敌军舰队。

我回到住所，下令赶制大量结实的缆绳和铁棍。缆绳的粗细和棉线相差无几，铁棍的大小则与编织针一般。我将

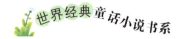

三根缆绳拧成一股，这样会更结实些，又把三根铁棍扭到一起，两头弯成钩形。我将五十只钩子拴上五十根缆绳，然后回到东北海岸。我脱去上衣和鞋袜，只穿了件皮背心走下海去，这时离涨潮大约还有半个小时。我钻入水中，不一会儿就接近了敌军舰队。

敌人一见到我都吓得魂飞魄散，纷纷跳下船向岸边游去。我用钩子逐个钩住敌舰，将缆绳收拢扎在一起。敌人射来几千支箭，射中了我的手和脸，使我疼痛至极，工作也大受干扰。我最担心的是眼睛，要不是我采取应急措施，眼睛肯定是保不住了。前面说过，我曾在一个秘密口袋里藏了一些日用品，其中有一副眼镜，这些东西都瞒过了搜查。我掏出眼镜戴上，有了它就可以大胆地工作了，尽管敌人还在放箭，好多箭射中了镜片。

我抓起缆绳，可是船一动不动，原来它们都下了锚。我只好放下绳索，取出小刀，割断了所有系着铁锚的缆绳。我的脸上和手上大约中了两百支箭。就这样，我轻而易举地俘获了敌人五十艘战舰。

伯里克人起初只是一片惊慌失措，看到我割缆绳，还以为我只是想让战舰随波漂流或相撞而沉，可当发现整个舰队井然有序地动起来，并由我牵着时，立即尖叫起来，那种绝望的喊叫声简直无以言表。脱离险境之后，我稍作停留，拔出手上、脸上的箭，涂了一点药膏，然后摘下眼镜，等潮水稍微退去，牵着战利品，向利立浦特皇家港口游去。

国王和满朝官员站在岸边，等待这一次伟大冒险行动的结果。他们只看见一个半月形的舰队前进，却不见我，因为我在水中，水已经没过了我的脖子。

国王断定我是淹死了，而半月形的敌方舰队正向他们发动进攻。但他很快就放心了，因为随着海水越来越浅，我的身体逐渐显露出来。

"最强大的利立浦特国王万岁！"我举起拖着舰队的缆绳，高声呼喊。

这位伟大的国王迎接我上岸，对我竭尽赞颂，当场就封我为"那达克"，这是他们国家的最高荣誉称号。

国王的野心很大，他想再找机会把敌人的舰船都拉回到他的港口，甚至想把整个伯里克王国灭掉，划作他的一个行省，派一位总督去统治。他想彻底消灭大端派别，强迫他们打破鸡蛋的小端，那样他就可以做全世界独一无二的君主了。

对此，我只能尽力让他打消这种念头。我向他讲了很多道理，并坦白地表示，我不愿做人家的工具，使一个自由、勇敢的民族沦为奴隶。

在国务会议上辩论这件事情的时候，大部分聪明的大臣都赞同我的观点。

由于我这一公开而大胆的声明完全违背了国王的旨意，他表示永远也不会宽恕我。他在国务会议上用一种很策略的方式提到了这件事，那部分聪明的大臣只能以沉默的方式表示他们赞成我的意见，可是另一些以我为死敌的人却抓住这个机会，旁敲侧击地中伤我。

在我立下战功的第三个星期，伯里克国王派来使团，卑躬屈膝地提出和平请求。特使有六位，随行人员差不多有五百人。使团的入境仪式十分隆重，丝毫不失威严，并以此表示其使命之重大。

不久，两国订立了对利立浦特国王极为有利的和约。和约签订之后，有人私下里告诉那几位特使，说我才是他们的朋友。

我凭借当时在朝中的声望——至少表面是这样，也确实在签约过程中帮了他们一些忙。他们礼节性地来拜访了我，先是说了一大堆恭维话，赞扬我勇敢、慷慨，然后以他们国王的名义邀请我访问他们的王国。他们听说了许多关于我力大无比的神奇传说，很希望能欣赏一下我的表演，一探究竟。我爽快地答应了他们。

我热情接待了几位特使，使他们非常满意。我请他们代我向他们的国王致以最诚挚的敬意，并同意在回国之前一定去拜见他们的国王。后来，在拜见利立浦特国王时，我

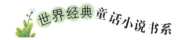

请求他准许我去拜会伯里克国王。他倒是答应了，可是我看得出，他的态度十分冷淡。我猜不出是什么原因。

值得一提的是，我与特使交谈要通过翻译进行，两个王国的语言差别很大，他们都夸耀自己民族的语言优美、历史悠久，而对邻国的语言却不屑一顾。利立浦特国王仗着夺了人家的舰队，强硬地要求伯里克王国特使用利立浦特文字递交国书。

一天夜里，我被几百人的呼喊声惊醒。我听到有人在不停地呼喊"布尔格兰姆"，几位朝廷大臣从人群中挤过来，恳请我立刻赶往王宫。原来是一位女侍官看传奇小说时睡着了，致使王后的寝宫失了火。我灵机一动，撒了一泡尿，结果不到三分钟就把火浇灭了，使这座花费多年心血建成的皇家建筑免遭焚毁。

天亮了，没等国王道谢，我就回到了自己的住处。虽说我立了大功，但说不准国王会对我的立功方式产生反感。根据这个国家的法律，任何人，不管其地位如何，均不得在皇宫内小便，否则将被处死。不过国王给了我一些宽慰，他说将向司法部下令赦我无罪。有人私下里告诉我，王后对我的行为非常痛恨，她已搬到皇宫另外一处地方居住。她坚持不让属下修复被毁的寝宫，因为她不会再去那儿住了。据说，她曾在几个心腹面前发誓一定要报复我。

在我打算去伯里克王国的时候，一位大臣秘密来到我家。这位曾经被我救过的大臣告诉我，朝廷中一些对我不满的人上书弹劾我，而且国王还批准了这份弹劾书。

这份弹劾书列举了我四条重要罪责：

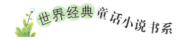

1. 法律规定凡在皇宫范围内小便者，将以严重叛国罪论处。当事人巨人山公然违反该项法律，以扑救王后寝宫火灾为名，竟敢当众撒尿，真是居心叵测，形同恶魔。

2. 当事人巨人山曾将伯里克皇家舰队俘获，可当国王陛下命令其俘获伯里克残余船只，把这个国家变为我国行省，将该国不愿放弃大端邪说者一律斩尽杀绝时，巨人山抗拒国王陛下旨意，呈请不去执行上述任务。

3. 伯里克派来特使向我朝求和时，当事人巨人山与奸诈忤逆之徒没什么区别，竟帮助、教唆、安慰、款待该国使臣，而且当事人明明知道这些人是公然与国王陛下为敌、公开宣战的敌国国王的走狗。

4. 当事人巨人山是个不履行臣民天职的人，仅凭国王陛下的口头允诺，就准备前往伯里克王国，去帮助、安慰、教唆伯里克国王。如前所述，该国国王就在不久前还公然与我国王陛下为敌，向陛下宣战。

经过讨论，他们最终决定，要把我的眼睛弄瞎，而且以后每天减少我的食物供给，慢慢地把我饿瘦，直到饿死为止。

刚得到这个消息时我觉得不知所措，但很快就作出了决定，为了保住眼睛，立即动身前往伯里克王国。

伯里克人在海边迎接我。他们派了两名向导带我前往王都伯里克。我把两人拿在手里，一直走到离城门不到两百米的地方，让他们进城通报。过了大约一个钟头，我得到答复，说国王陛下已经率领王室成员及朝廷重臣出来迎接我了。

我又往前走了一百米，国王及其随从从马上下来，王后和贵妇们也都下了车，看不出他们有任何害怕或忧虑的表情。我卧在地上吻了国王和王后的手，并告诉国王能有幸拜见他这么一位伟大的君主，我感到无比荣幸，且愿意为他效劳。

在好奇心的驱使下，我来到这个岛的东北海岸。在海边，我发现了一样东西，像是一只翻了的小船。我脱下鞋袜，涉水走了两三百米，那东西随着波浪越来越近。哦，真的是一只小船，大概是风暴把它从大船上吹落的吧！

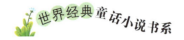

　　我回到城里，请国王陛下将他舰队中二十艘最大的战舰和三千名水手借给我。此时是顺风，水手们在前面拉，我在后面推，来到离岸不足四十米的地方。潮水退去了，在两千多人和机器的帮助下，我将底朝天的小船翻了过来。太棒了，小船只是稍稍受了点损坏。

　　我花了十天工夫做了几把木桨，然后把小船划进伯里克皇家港口。只见港口人山人海，人们望着这艘庞然大物，不由得惊呆了。我对国王说，真是太幸运了，上天赐给了我这艘船。它可以载着我远行，说不定可以回到祖国。我请求国王供给我木料修船，又请他发给我离境许可证。他先是好心地劝了我一阵，接着就欣然批准了。

　　在伯里克的这段时间里，我一直担心利立浦特国王会有所行动。果不其然，不久他就派来了一个使臣。使臣先是陈述了利立浦特国王的宽大仁慈，说不过是判了刺瞎我双眼的罪，可我却逃脱了正义的惩罚，又说若两小时后还不回去，便剥夺我"那达克"爵位，同时宣布我为叛国者。

这位使臣还说，为了维持两个王国间的和平友好，希望伯里克国王能下令将我手脚捆起送回。

伯里克国王和大臣们商议了三天，终于得出了一个结论。他首先对使臣说了不少请求原谅的客套话，接着又说，至于把巨人山捆绑送回去，那是办不到的。虽然巨人山此前夺走了他的舰队，但议和时却帮了不少忙，对此他非常感激。而且，利立浦特国王很快就可以宽心了，因为巨人山在海边找到了一艘庞大的船，不久就要离开了。他希望再过几个星期两国就都可以解脱了，再不用负担这么一个养不起的累赘。

使臣带着答复回利立浦特去了。伯里克国王把事情的全部经过都告诉了我，同时在极其保密的情况下向我表示，如果我愿意继续为他出力，他将尽力保护我。

我虽然相信他的诚意，但早已下定决心，只要有可能回避，就再也不会和帝王大臣们推心置腹了。我对他的好意表示感谢，同时恭敬地请求他的谅解。我告诉他，既然命

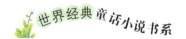

运赐予了我一只船,是吉是凶,我都决意要冒险出海,我不愿两位伟大的君主因我而彼此不和。我没有发现伯里克国王有什么不满,后来一次偶然的机会我看出他对我的决定还蛮高兴,他的大部分大臣也是如此。

一个月后,所有的一切都准备好了,我就派人向国王请示,并向他告别。伯里克国王带着王公大臣们出宫,仁慈地伸出手来让我亲吻,王后和公主们也都让我吻了手。国王赏了我五十袋钱,还送了我一幅他的全身画像,我马上把画像放进一只手套里,免得弄坏。

我在船上装了一百头牛、三百只羊和大量的面包、饮料、熟肉。我还带上了六头活母牛和两头活公牛,六只活母羊和两只活公羊,打算带回祖国去繁殖。为了养活它们,我又装了一大捆干草和一袋谷子。本来我还想带上十二个本地人,可伯里克国王怎么也不答应。伯里克国王除了仔仔细细地搜查我的衣袋外,还要我以名誉担保不带走他的任何臣民,即便是臣民自己想去也不行。

　　我尽可能将一切都准备好，并于1701年9月24日清晨出发。我向北行驶了约四海里，这时正刮着东南风。晚上六点，在西北方向七八百米的地方，我发现有一座小岛。我径直向小岛划去，在小岛的背风面抛锚停船。这好像是座无人居住的荒岛，我吃了点东西后就休息了。我睡得很香，至少睡了六个钟头。此时，太阳还没有出来，为了赶时间，我吃过早饭就又开始航行了。

　　按照袖珍罗盘的指引，我驾船前行。忽然，有一艘帆船在我前面朝东南方向驶去。我大声呼叫，但对方没有反应，不过风势已弱，我正慢慢地接近帆船。我全速前进，大约过了半个小时，帆船发现了我，开始减速。终于在9月26日傍晚我赶上了它，看着船上的英国国旗，我的心狂跳不止。我把牛羊装进上衣口袋，带上所有的食物和货物上了帆船。

　　这是一艘英国商船，船长是戴浦特津的约翰·毕得尔先生，一位彬彬有礼、十分出色的海员。船上有五十几个人，我竟然还碰到了一个老同事，叫彼得·威廉姆斯。船长对我很友好，问我从哪里来又到哪里去。我如实回答，可他认为我是在说胡话，是我经历的种种危险使我的大脑出了毛病。我从口袋里掏出牛和羊，他无比惊讶，这才相信我说的是实话。我又给他看了伯里克国王送给我的金币、国王的全身画像和其他一些稀奇古怪的玩意儿。我送了他两袋钱，并许诺回到英国后，再送他一头怀孕的母牛和一只怀孕的母羊。

在返航途中，我遇到了一件不幸的事，船上的老鼠偷走了我的一只羊。后来我在一个洞里发现了它的骨头，肉已经被啃光了。剩下的牛和羊，我一定要把它们安全地带到岸上。在漫长的航行途中，要不是船长给了几块精致的饼干，我也许保不住它们的性命。我把饼干搓成粉末，和上水，当作牛、羊的口粮。

回到英国后，靠着带回来的小动物，我赚了一大笔钱。利用这笔钱，我又搭乘"冒险"号轮船，开始了新的航程。

大人国游记

1702 年 6 月 20 日，我随"冒险号"出发。天气好极了，我们一路顺风，顺利到达好望角。

1703 年 3 月，我们又开始新的航行，去探索更多的未知。当航行至马达加斯加海峡时，我们遭到暴风袭击。

暴风持续了二十多天，把我们吹离了原定航线。淡水严重不足成了我们的致命伤。

1703 年 6 月 16 日，一个水手爬上桅杆，发现了陆地，大家兴奋极了。船长派了十二名水手，乘小艇上岸去寻找淡水。我请求与他们同去，船长应允了。但登岛后，大家纷纷失望了，因为我们既找不到水源，也看不见人迹。

找不到淡水，水手们慢慢走回海边，只有我独自一人向另一个方向走去。我走了大约一英里，开始感到疲倦，便回头往港湾走。

我快要走到海边时，水手们已经上了小艇，拼命地向大船划去。我大声喊叫，可是丝毫不起作用，他们丢弃了我！

这时，我看见一个巨人正在疯狂地追着小艇。他跨着大步，海水只及脚踝。但是，因为顺风顺水，小艇行驶得很快，巨人渐渐落在后面。

我该怎么办？独自留在这个陌生的地方，我害怕极了。我不敢继续停留，只得转身向岛的深处跑去。我爬上一座小山，发现这里到处都是耕地，充满了生活气息。不过，令我感到非常奇怪的是这里的草，它们足有六米高，草叶宽大，仿佛是专门做饲料用的。

我发现了一条宽阔的大路，沿着田地延伸。我顺着大路走了很久，来到了田地的尽头。田地的边缘用篱笆围着，我试图找到篱笆的缝隙，钻出去。突然，一个巨人朝我走来。他有二十多米高，步子应该有十米长！我就暂且称他为"巨人A"吧，因为直到分开，我都不知道他的名字。

我又惊又怕，连忙藏到篱笆底下。巨人站在土堆上，挥着手大声叫喊，好像在呼唤他的同伴。五六个巨人听到喊声后，大步向他走来。

这五六个巨人的穿戴不如"巨人A"，看上去像是他的仆役或雇工。他们按照"巨人A"的吩咐在这块田地上收割麦子。我尽可能离他们远远的，因为不想被他们抓住，更不想死在他们巨大的镰刀下！

我艰难地在麦地里走着，可还是被一个巨人捉住了。我被他从后面提了起来，感觉像是被吊车吊起来一样。我害怕极了，却又不敢吭声。

我仰望着太阳，两手合拢，做出祈求的样子，并用可怜的声调请求他放过我。我时刻担心他会把我摔到地上再补上一脚，就像我们平常对待讨厌的害虫一样。

或许是运气好，他没有伤害我，而是立刻带我去见"巨人A"。

"巨人A"对我产生了浓厚的兴趣。他完全把我当成了一个新鲜的玩具，把我放在手心上，另一只手拾起一根麦秆，在我的身上戳来戳去。我本能地躲闪和反抗，可是这似乎使"巨人A"对我更好奇了。他用麦秆把我的衣服下摆挑起来，还试图脱下我的鞋子。

雇工们围拢过来。"巨人A"轻轻地把我放在地上，让我趴下。但我马上站立起来，原地踏步，让他们知道我没有逃跑的意思。为了更好地观察我，他们围着我坐下来。

"你们好！我是格列佛，我无意冒犯你们的领地，可以不伤害我吗？"我摘掉帽子，向巨人们深深鞠了一躬。

可是他们似乎一点儿也听不懂我在说什么。为表达诚意，我把随身携带的金币都献给了"巨人A"。他接过金币，拿到眼前看了看，又用一只别针拨来拨去，可还是搞不懂是什么东西，便还给了我。

"巨人A"叫大家散去，然后掏出一个手帕铺在左手上，再把手平放在地上，像招呼一只听话的小狗崽一样做手势让我上去。我顺从地跳上"巨人A"的手掌，然后直挺挺地躺在手帕上。我被"巨人A"用手帕包裹起来，只露出了头和脖子，并被带回了家。

刚一进屋，"巨人A"便招呼他的妻子来看我。"巨人A"妻子见到我后，先是惊讶，但过了一会儿，见我的举止斯文，马上就放了心，开始喜欢起我来。

中午十二点左右，几位仆人打扮的女巨人端来午饭。巨人家的桌子足有剧院舞台那么大！他们一家人围坐在桌旁。"巨人A"没有忘记我，把我放在桌子上，切下一小片肉，还给了我一点儿面包。

我向他深深鞠了一躬，拿起他们为我准备的小刀叉吃起来。也许是出于对我的奖励，也许是对我产生了浓厚的兴趣，女主人叫女仆拿来一个小酒杯，斟满酒递给我。

"为夫人的健康干杯！"我很费力地两手捧起杯子，做出恭敬的样子，引来一阵哄堂大笑。

突然，一只大猫跳到我身边，它好像是闻到了肉的香味。我吓得大叫一声，女主人马上把它抱到一边，给了它一些鱼和肉，又轻轻地摸了摸我的头。

午饭过后，"巨人Ａ"拿起镰刀出门了。而我虽然吃饱喝足，却因神经高度紧张而倍感疲倦，总是担心那只大猫会趁女主人不注意一口吃掉我。我多么想睡一会儿啊！女

主人似乎看出了我的心思，把我放到她的床上，拿出一条干净的手帕给我当被子，然后就出去了。

我睡了一下午，梦见了妻子儿女，在熟悉的家里，为女儿烤肉，妻子抱着儿子微笑地看着我们，一切都是那么美好！可是醒来，看着这间陌生的屋子，我觉得更加伤心了。

这时，两只比小狗还要大的老鼠偷偷溜进来，探头探脑地四处张望。突然，一只老鼠跳到我的脸上，我抽出宝剑自卫。这个举动似乎激怒了这两只可恶的家伙，它们竟然对我两面夹击。幸好这时大猫跳了进来，扑到一只老鼠身上，结束了它的生命，另一只老鼠逃跑了。

过了一会儿，女主人进来了，看见我脸上被老鼠抓的伤痕，又看看大猫嘴里的老鼠，似乎明白刚才发生了什么。她像抚摸小狗一样抚摸着我的头，微笑着看我是否还有其他伤口。

女主人有个九岁的女儿，名叫安琪，是个很懂事的孩子。

为了使我可以安稳地生活，不再受到老鼠的攻击，安琪按照母亲的吩咐，把洋娃娃的摇篮给我做了床铺。摇篮下面还放了几个老鼠夹子。

安琪很能干，找来上好的布料给我做衣服，但实际上这些布料比麻袋片还要粗糙，还教我学习语言。安琪的身高不到十二米，但在我看来也算个小巨人了。她天天把我揣在衣兜里，带我出去玩儿。后来的一切都证明，我能在这个国度里生存，主要得益于安琪。

有一次赶集，女主人带着安琪，安琪把我揣进衣兜，我们三个人坐着马车一同出发了。我很开心，因为以前每次赶集时，我都被留在家里。

我们在一家旅店落脚，这是他们以前常来的地方。

我被带到旅店最大的房间里，放在一张桌子上。安琪站在桌子旁边指挥我该做什么。我按照安琪的吩咐在桌上走来走去，大声地回答她提出的问题。我好几次向观众行礼，说欢迎他们；我举起一个盛了酒的小酒杯，祝他们健康；我抽出宝剑，学着英国击剑家的姿势舞弄了一番。观众们被这一系列举动逗得哈哈大笑，向桌边的帽子里扔了好多钱币。

女主人为了安全起见，用一些长凳在桌子外围五米处摆开警戒，这使观众不能伸手够到我。可是，有一个孩子向我丢石子，差一点打中我，这让我害怕极了！不过，我很满意地看到这个小淘气被他的妈妈打了一顿。

这一天，我表演了12场，不停地重复那些把戏，一直到快要天黑才停止。那些看过的人把我的表演说得神妙到极点，引得更多的人想挤进来观看。

临走时，女主人通知大家，下次赶集时她还会带我来表演。人群中顿时欢呼起来，这让女主人和安琪都很高兴。可是我高兴不起来—我累极了，并且觉得自己和马戏团的猴子或小狗没什么区别，只想马上坐车回家。

"终于到家了！"马车停下的那一刻，我心生喜悦，可是在家里也没能休息。

此时，许多有身份的人都携带着妻子儿女到主人家里来看我，"巨人A"和女主人便让我更卖力地演出。因此，主人家里每天都热闹非凡，而我则非常疲惫和郁闷。

我的存在为"巨人A"一家带来了丰厚的利益回报，"巨人A"觉得我可以为他带来更大的利益—不仅仅是在金钱上，于是便带我来到国都。"巨人A"在闹市区张贴广告，宣传我的容貌和演技。他还租下一个大房间，搭起一个简易的舞台，供我表演用。我每天演出15场，观众们既惊奇又满意。

连续不断的表演令我的身体状况变得很糟，"巨人A"似乎也发现了这一点。于是，他打算把我卖掉，捞最后一笔钱。

就在这时，一位穿着讲究的人来到我们住的旅馆。据说，这个人是国王的亲信。他在观看了我的表演后出高价把我买走了，"巨人A"很开心，因为很顺利地得到了一大笔钱；而我则不知道等待我的又会是什么样的生活。

后来我才知道，买走我的人名叫古勒。他让我在他的家里休养了几天后，便带我去了王宫。

在王宫内，仁慈的王后伸出手指让我亲吻，我受宠若惊，用双臂把它抱住，非常尊敬地吻了她的指尖。她问了几个关于我的祖国和旅行情况的问题，我都清晰地回答了。很明显，我很幸运地讨得了王后的欢心。古勒顺势把我献给了王后，我因此留在了王宫。因为有王后的庇佑，我的生活轻松而幸福。

在王宫生活了一段时间后，我见到了国王。

那天，国王把我叫到他面前，他先是看了看我的牙齿，又扭动了我的四肢，确定我的身体构造和他们是一样的——只是比他们等比例的小了很多。

对于我这样"微小"的身材和并不强壮的四肢，国王很疑惑我是怎样生存下来的，因为任何食肉动物都可以把我当作晚餐。于是，我便对他讲了我来到王宫前的故事。我告诉他，我是从另外一个国度来的，那里有几百万百姓，身材同我一样大小；那里的动物、树木和房子都同我大小相应，所以我在那里能够正常生活。

国王将信将疑，于是便传召了"巨人A"和安琪，要验证我的话。

"巨人A"带着安琪来到了王宫。他们的到来证明了我对国王说的是真话——至少遇见"巨人A"之后的叙述都是可信的。

国王赏赐"巨人A"一些土地，寓意继续勤劳地耕作以发现生活中更多的美好，而把安琪留了下来，希望她可以一边教我语言一边照顾我的生活。"巨人 A"喜出望外，要知道，可以在王宫里服侍，是平民的无上光荣！

安琪乖巧懂事，很令王后满意。王后按照家庭教师而非仆人的标准给安琪安排了单独的房间，又吩咐木匠给我做了个小房子。安琪对我很尽心，每当木匠工作的时候，她便坐在一旁，或礼貌地与木匠商量小房子的格局，修改图纸，或帮木匠做些零活。

很快，我的小房子"竣工"了！小房子一共有两层，卧室、书房、更衣室、客厅、餐厅……应有尽有，还有全套的家具，我真是喜欢极了！小房子只及安琪的膝盖，虽然这在所有人的眼中只是个精致的玩具，可对我来说，这就是我的家，真正属于我的家！

但玩具终究是玩具——这也是最令我无奈的地方。这个精致的小房子给我增添了不少麻烦，经常会有人毫无征兆地捧起它，透过窗户看我的饮食起居。这让我感觉像突然地震了一样，杯子里的水和盘子里的食物常常洒得到处都是，还连累安琪天天要为我清理屋子，清洗衣物。每每有人为自己无意中增加了安琪的工作量而向她表达歉意时，安琪总是回报以微笑。她真是个善良的小姑娘，大家都喜欢她！后来，大家便在我睡觉时把我和房子一起抱走，因为那时可以确保我没有吃喝，不会弄脏屋子和衣服。所以，我经常一觉醒来，开门外出时，完全不知道自己在哪。

慢慢地，我由王后的"宠物""小丑"变成了国王身边的近臣。

国王爱和我讨论国家大事，特别是与大臣们有关的事。因为他觉得我来自遥远的国度，在这里不属于任何派系，又常被人忽视，因此最值得信任。而每当国王想听取我的意见时，我都会给他一个客观而全面的分析，之后再发表自己的看法。国王对我很满意。

可是，每当谈到我的祖国时，我能感觉到他的不屑一顾。

有一次，正当我把我亲爱的祖国在海上和陆上的贸易与战争、宗教派别等情况谈得津津有味时，国王直接打断我："亲爱的格列佛，你这个小东西是自由党呢，还是保守党呢？"

看国王嘴边扬起轻蔑的微笑，我知道我该闭嘴了。

国王一只手把我拿了起来，另外一只手轻轻地指指我说道："我们的尊严到底是有多轻贱，连你这样的小东西都会来模仿？一个玩具就能当房子，呵呵，你们的国家也就是孩子们堆的沙堡吧！"

国王的话令我很生气，但我也只能听着。

我把心里的委屈告诉了安琪，她很理解我，站在镜子前用手托着我："看，和我们比，你本来就很小啊！这种感觉，也许就像你在你的国度里看一只小猫小狗一样，你会相信它们也有自己的国家和信仰吗？可是它们也许真的有属于自己的世界。"

听了安琪的话，我舒服多了，看着镜子里的自己，和背后的安琪比起来竟是那样渺小！我试着换位思考——在巨人的世界里，我至多是个"小人儿"。他们平时看小房子里的我也许就像我看笼子里的蛐蛐儿。我会相信蛐蛐儿的国家比我的祖国发达吗？肯定不会！所以，巨人们也很难真正尊重我。

如果说得不到平等的尊重这个苦闷尚且可以排解的话，生活中那些实实在在的危险却始终令我胆战心惊。这天，安琪照例带我到花园里晒太阳。因为阳光格外明媚，安琪把我的小房子一并抱了出来。

安琪是个乐于助人的小姑娘，见花园里的仆人在修剪草坪，便过去帮忙，而我则被放在小房子的房顶上——因为花园里还未修剪的草比我要高得多，安琪怕仆人修剪草坪时无意中伤到我。

我躺在房顶，晒着日光浴，十分惬意。但就在这时，天忽然阴了，大块的冰雹接踵而至。我慌忙躲了起来，可还是被冰雹砸中。那冰雹在安琪眼里是小冰粒，可是它们比我的头还大。我被砸得浑身多处骨折，小房子也被砸得支离破碎，令我心疼不已。

但是在这个花园里，我还有过一次更危险的经历。在我即将痊愈时，安琪又开始带我到花园里晒太阳了。

她坐在长椅上钩花，而我则坐在她的身旁。不知何时，一只花猫跳上长椅，玩儿起安琪的花线团来。花猫玩得很开心，并且也无意伤害我，所以善良的安琪没有驱赶它。

花猫旁若无人地玩着，花线团掉到了草地上，顺着坡滚出了很远。花猫似乎意识到自己犯了错，跑开了，而安琪则追着滚圆的花线团。我一个人坐在长椅上。

突然，一条大狗窜到了我面前！它先是闻了闻我的气味，然后张开了大嘴。我无处可逃，心想："我死定了！"可是正当我闭着眼睛等待末日降临的时候，它却没有一口吃掉我！它只是叼着我，摇着尾巴，跑到了它的主人面前。

那条大狗的主人是花园里一位老园丁，幸运的是，他认识我！王后很喜欢他栽培的花，时常吩咐他送花到王宫里。因此他见过我，知道我在王后面前很得宠。

看到我被他的大狗叼着，老园丁吓坏了，轻轻地把我捧起来。在确认我没有被大狗伤到后，老园丁捧着我回到花园，找到安琪，亲手把我交到她的手里。安琪也在找我，看着她急得通红的脸颊和噙在眼眶里的泪水，我很心疼。

看到我平安，安琪很开心，并且答应老园丁把这件事瞒住。

王后最爱听我讲航海时的见闻。一天，王后突然问我：

"亲爱的格列佛，你会划船吗？"或许是体积和体重太大的缘故，这个国家的巨人们很少有会划船的。

我回答说："尊敬的王后陛下，我当然会划船呀，您知道，我就是乘船来到这个国家的！"

听我这样说，王后非常高兴，喜滋滋地端出一个精致的盒子，吩咐仆人打开，并对我说："喏，亲爱的格列佛，这艘小船你喜欢吗？这可是我按照你之前说的船的样子命人做的，还特意在里面涂上了松脂，预防漏水。"

我惊呆了！眼前的这艘"小船"比我们国家专门用于远航的轮船还要大，而且做工精致，颜色艳丽，是我见过最气派的船，我喜欢极了！

王后又命工匠在花园里做了个好大的人工湖，专门供我"航海"用，并且严禁任何人在人工湖里养鱼，她怕我不小心落水后被鱼吃掉。

此后，我便多了一项娱乐活动，王后和仆人们也多了一个消遣的项目。

划船对我来说再简单不过，而且坐在船上，微风吹来，格外凉爽。我时常带些美食坐在甲板上慢慢享用，那感觉非常舒心和惬意！而且在湖中央，我再也不用提防突然冒出的猫和狗了。

王后也时常坐在人工湖边喝下午茶，有时和贵妇们聊天，有时听乐师奏曲，喝着咖啡或红茶，看着远处的我自在地划船，感觉非常轻松和休闲。王后真是个会享受生活的人！

我是多么希望日子就这样平淡而安详地过下去，可命运似乎总是要有波折。

这一次，一只猴子让我意识到之前遭遇到的危险完全都是小巫见大巫。

那天中午，我正在修葺一新的小房子里吃点心，突然被一只毛茸茸的大手顺着窗户抓了出去。这突如其来的变故打断了这一天的安静和美好，恐惧感顿时涌上心头，但当我翻过身，看到是一只小猴子友好地朝我笑时，我心里稍稍踏实了些，因为，至少它无意伤害我。

它似乎把我当成了小猴子，对我充满了兴趣！它坐在地上，一只手捧着我，另一只手拉扯我的衣服，一会儿戳戳我的脸颊，一会儿又给我挠痒痒，弄得我的肢体因躲避它而扭来扭去，想想也应该很滑稽，逗得它哈哈大笑，对我更加爱不释手。而我却被小猴子戏弄得精疲力竭。

过了好半天，门口传来脚步声。

"是安琪回来了！"我听出来是她的声音，喜出望外。

可事实证明，我想错了，因为它不是一只猫或一条狗，而是一只猴子！

小猴子并没有像其他的动物一样听到人的声音后放下一切东西逃跑，而是一把抓起我，飞快地跳到柜子顶上，躲了起来。这个家伙居然带着我躲了起来！我瞬间感到绝望——要知道，和一个聪明、心理素质好，并且比自己强壮很多倍的对手过招，实在不是明智之举。

发现我不见了，安琪叫来很多人一起找我。

"安琪！"我想求救。

可是当我刚一喊出声，小猴子便捂住了我的嘴。它的手又大又厚，这让我无奈极了！

为了安抚我，小猴子竟然喂我吃刚刚从我的小房子里抢来的点心！小猴子不停地往我的嘴里塞点心，刚刚的美味此时却成了要命的毒药！点心一个接一个地被小猴子塞进我的嘴里，我根本没有时间咀嚼和呼吸，甚至预感到自己离死期不远了，并且就是被噎死或是憋死的！

我拼命地挣扎，弄出些声响。安琪顺着声音发现了我，当时小猴子的一只手还拍着我的头，意思是让我听话。那场面逗得所有人哈哈大笑。

国王是个很爱接受新鲜事物的人，从这一点看，他比古往今来的大部分君王都要强很多。他虽然不相信我这样一个面对小猴子都无能为力的人会组成一个先进而强大的国家，但还是对我的见闻很感兴趣。和王后不同，国王更关心与人们的生产和生活息息相关的事物。

　　在我的帮助下，国王身边最得力的匠人们已经熟练地掌握了造纸术。国王很快便适应了用纸发布命令，贵族们也乐于用纸传递信息。纸代替了羊皮，许多羊因此而免遭屠杀的厄运。纸的流行推动了文化的传播和发展，国家变得强大，王后对我赞赏不已。

　　虽然在这里生活得很好，但我还是很想念家乡。

　　我以为我没有机会回去了，但是我从未放弃希望，我一直在寻找机会。

　　在来到这里的第三年春天，国王和王后要到南海岸去视察。王后决定带我同去，因此安琪也在随行的队伍中，照顾我的饮食起居。

　　有安琪陪伴外出，我轻松又快乐。王宫里的生活将安琪由一块璞玉打造成了一件完美的艺术品，她已出落成了亭亭玉立的大姑娘，优雅、端庄，办事很周全，而且难得的是，她始终很善良。她照顾我很细心，这次出行，我的行李也完全是由她来整理；而我也不知不觉地事事考虑她的感受，将她视作我的亲人。

经过几天的车马颠簸，我们终于到达了南海岸。我终于看到了渴望的海洋！

看到海洋的一刻，我意识到，也许这是我唯一能够逃走的机会。

"可是安琪怎么办？"我问自己。

我深知王宫里的规矩十分严格，安琪的职责就是照顾我，她是因为我才进入王宫的，而我如果消失不见了，安琪必将受到严厉的处罚，甚至……我不敢继续想下去，心

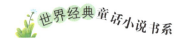

里纠结极了。

我不能自私地逃跑而置安琪于不顾！我要保护她！于是我决定想个两全其美的办法，既能逃跑，又不连累安琪。

我想了很久也没有想出一个满意的办法。视察已接近尾声，留给我的时间不多了。

我渐渐发现，王后很爱喂一种白色的鸟，这种鸟比普通的海鸥大些，当地的巨人称呼它们为"神鸟"。王后本就宽和、博爱，在王宫里时常亲自喂鸟，此时又为了体现王室亲民的情怀，更是天天都带着最好的鸟食，和百姓共同喂神鸟。

我知道我的机会来了！

这天一大早，我把许多食物和饮用水塞进被安琪整理得非常好的行李中。我本想偷偷地干，可是这一切都被安琪看到了她疑惑地看着我把面包、糕点、奶酪、香肠一样样地塞进行李。当我拿起一瓶水的时候，她眼眶湿润了。我很舍不得她落泪，可是又不知道说什么。我很矛盾，不敢再看她，只是低着头收拾。过了一会儿，安琪悄悄地走开了。我相信安琪希望我留下，可是她还是尊重并理解了我。

那一刻，我下定决心，一会儿一定要演得天衣无缝！安琪有勇气替我承担处罚，但我绝不能牺牲她来成全自己！

看到王后再次喂神鸟，我提着行李来到她身旁。我很调皮地向王后要些鸟食，请求和她一起喂神鸟，王后欣然应允。她问我为什么要带着行李，我故作虔诚地回答说希望神鸟的羽毛能落在自己的行李上，以求得上天的护佑。王后笑而不语，她不相信神鸟的羽毛会落在我的行李上——因为我太小了，我的行李更小，要一根羽毛恰好落在这么小的东西上真是件概率极小的事，但她喜欢我的虔诚。

王后在我的手里放了许多鸟食，神鸟"呼啦啦"地向我飞来。

一只神鸟一口就吃光了我手里的鸟食，然后"呜呜"叫了两声，飞走了，看样子是吃饱了。这让我很失望，但我不想放弃这次机会。

我将更多的鸟食放在手里，捧在胸前。

又一只神鸟向我飞来，我友好地向它奉献出我的全部鸟食。

在神鸟刚刚吃光我手里的鸟食、准备飞走的时候，我猛地提起行李，抓住了神鸟的一只爪子，跟着神鸟飞上了天空。

"格列佛被神鸟抓走了！"在空中我依稀听到巨人们这样喊着。

可能是我个头太小的缘故，仿佛没有人看到我主动抓住神鸟爪子的动作，而都以为我是被神鸟带走的。这让我安心许多，因为安琪不会被我连累了，但她以后会怎么样呢？我猜想，她也许会被王后留在身边照顾公主们吧，毕竟，王后很喜欢她。

神鸟越飞越高，越飞越快，这让我感到害怕。并且我的行李很重，我也快提不动它了。

我决定松开手，跳下去。

我低头向海洋看去。我不知道这片海域是属于太平洋还是大西洋，但它一望无边，广阔极了；而且，我很幸运，因为当时的海面非常平静。突然，我看到了一艘船！

"是一艘船！"我大声欢呼。

但我又犹豫了，因为不知道自己当时距海面有多高，所以就无法判断跳下去是否安全，也无法确认船的大小，更无法确定这艘船是属于哪个国家、哪个种族……但看着广阔的海面上只有这一艘船，并且它也已渐行渐远，我决定赌一把。

于是，我抱住行李，松开了抓住神鸟爪子的手。幸运的是，神鸟并没有飞太高，我因为抱着行李而浮在水面上——行李里装的东西大部分是我的衣物，因此行李的密度比海水小。

我拼命地呼救，那艘船上的人很快看到了我，并派出小艇来救我。

我得救了！

当我登上小艇时，心里踏实了许多，因为小艇上的两名水手是和我身材一样的人，并且我们都说英语。当我登上船，得知这是一艘跑海运的商船，船上的人都是规矩的商人时，我高兴极了，因为这意味着我安全了。

我把这几年在巨人国的经历讲给大家听，起初大家并不相信，但又无法解释我为何会出现在这片无名的海域，还带着这么多干净的衣服、新鲜的食物和饮用水。渐渐地，大家相信了我，同情我的遭遇，在航海图上标出了巨人国所在岛屿的大概位置，并提示"千万不要登岛"。

1706年6月13日，我们到达了英国的港口，当时距离我脱险已有九个月了。

我一路打听，终于回到了家。

在开门看到我的那一刻，妻子一下就抱住了我，喜极而泣。我知道，这么久杳无音信，我让家里担心了！

现实生活中的一切都让我觉得十分微小。似乎在心里，我已经把自己当成了巨人：我因为怕碰了头，总是弯着腰进门、出门，我的妻子拥抱我，我也总是把身子弯得比她的膝盖还低……

过了很久，我才把自己的行为调整回正常的样子，可是我的妻子再也不许我出海航行了。